長腿叔叔

Daddy-Long-Legs

青春女孩扭轉人生的浪漫曲

目錄

Judy at Basket Ball

NEWS of the MONTH
Judy learns to skate
And to vault a bar
Also to slide down a rope
She receives two flunk notes and sheds many tears
But promises to study HARD

Daddy-Long-Legs

Post Office

《長腿叔叔》與20世紀初的美國教養小說

黃愛真（台南市智慧森林兒閱會總幹事、光禾華德福閱讀教師、教育部閱讀推手）

《長腿叔叔》（Daddy-Long-Legs）為美國作家珍・韋伯斯特於一九一二年出版的書信體小說，在當時得到美國社會相當大的關注，無論是少女還是女人，都紛紛成為書籍的擁護者。對於一個孤兒院的女孩接受資助進入大學，用嶄新的眼光看待當時美國人習以為常的社會，提醒我們日常生活中對於生命曾經擁有的驚奇。百年後，對於消費物質充斥，心靈生活反而貧乏的現代人來說，閱讀小說顯得愈發感動。

《長腿叔叔》透過一位少女的眼光來看待孤兒院外的青少年生活，並透過教育逐漸成長。小說內容還偷渡了作者對當時美國的社會觀與完美人格的教養文化，少女與成人兩種觀點並存，發人深省。簡述如下：

家與家人

書中十七歲少女潔露莎・艾伯特從小生活在孤兒院，十六歲以後，成為

免費的勞動力，待在孤兒院照顧孩子。名字取自墓碑，姓氏來自電話簿，孤兒院約翰．葛萊爾之家的院長李佩特太太對待孤兒院裡的孩子，相對於我們給予自己孩子在命名上的期待，情感有相當大的落差，透露出孤兒院與其說是主角的家，更像是一群同儕生活的集體宿舍。即使靠著白日夢度過孤兒院冷漠的生活，潔露莎仍然無法幻想「回家」與「家人」的感覺。

直到一位孤兒院理事資助她上大學，潔露莎才有了一個幻想中的「家人」，透過寫信給理事，產生了這本小說。

由於缺乏關愛的孤兒院和院童的社會地位卑微，潔露莎毅然決然替自己改了名字。她為自己取名「茱蒂」，意味著自我性格獨立的展開，以及新生活的開始。

書信體小說

資助潔露莎上大學的理事，要求她每個月寫一封信，告訴他大學的生活。潔露莎對這位資助人的印象停留在車燈映照下的長長背影，尤其是如同長腿蜘蛛的修長雙腳，因此給了這位匿名資助人一個暱稱「長腿叔叔」。由信件集結而成的小說《長腿叔叔》，既是潔露莎新生活與心境的寫照，也是她對幻想家人的話語。這裡牽涉到「書信體」的雙重意義：內容同時具有隱私的與公開的性質。潔露莎知道每封信件，會由資助人及資助人的祕書閱讀，也就是說，表達的應該是修飾後的主角心境。然而透過作者安排，主角的天真坦誠與衝動性格，讓讀者相信自己終究是進入了人物的內心，和她一起經歷信中的生活，並對長腿叔叔抱有期待。另一方面，若仔細地從主角每封信件的不同署名，感受主角面對匿名收件者的幻想，以及更多主角的自言自語，就會發現這是主角自己與幻想他人（仍是內在的另一個幻想自我）的對話。最後，直到故事支線潘道頓先生出現，讀者才得以慢慢理解與抽離主角的兩個自我囈語。對於初次閱讀或者閱讀經驗較少的讀者，大概會更深入主角的情感，而在長腿叔叔身分揭曉時，產生「原來如此」的閱讀驚喜吧！

能深深地投射進入主角的內心、認同主角、與她一起經歷大學生活和成長，應該就是作者透過「書信體」的寫作技巧，讓這本小說能如此吸引讀者的原因吧？

兩性平權

從故事中，我們看到了關於二十世紀初，美國女性在性別地位上幾個值

得關注的地方：女性就學、女性投票權與政治上的地位，以及長腿叔叔作為男性，在信件中匿名凝視潔露莎的內在想法與男女性別間的權力關係。

故事開始提到長腿叔叔作為理事，已經資助了幾位男孩就讀大學，而一般理事與孤兒院院長李佩特太太的想法是，如果不是因為潔露莎幽默的寫作天分，引起理事注意，女性大概不適合繼續升學，潔露莎也不會有機會脫離孤兒院，展開新生活。故事指出，當時男孩與女孩的就學權是不均等的。潔露莎超過十六歲後，還能繼續留在孤兒院，不必外出工作，也是基於女性擔任照護的社會分工甚於就學和擔任其他工作。

其次，當潔露莎提到女性參與政治活動卻還沒有投票權，女性算是公民嗎？等提問時，回顧了美國女性在政治上晚於男性擁有投票權的女性運動。小說出版於一九一二年，而直到一九二〇年，美國憲法才正式承認婦女擁有投票權。小說以活潑俏皮的文字，表達當時美國女性在政治上被認定為公民（美國國家對成年人賦予的政治或法律上的權利與義務），卻沒有投票權利的一段歷史。

再者，從潔露莎寫信給資助者，匿名資助者可以探看並決定她的生活，同時資助者潘道頓先生在潔露莎的現實生活中出現，以原名和她相處，顯示出潔露莎與潘道頓先生的關係在某種程度上是不對等的。潘道頓先生站在匿名與現實的全知全能認識潔露莎，不時指揮她的行動或計畫，而潔露莎卻在故事最後一刻才了解真相。潔露莎在經濟、政治、社會地位上遠低於資助者，甚至在二十世紀初的美國，雖然已有自由戀愛風氣出現（或許也僅限於某些階級或者離經叛道的有錢人，如潘道頓先生），男女雙方關係似乎仍以男性為主導。故事後段，潔露莎逐漸有自己的行動力與堅持、接受家教工作、寫書償還資助者一千美元，並拒絕潘道頓先生的求婚，或許意味著在兩性關係意識上，她的地位逐漸因為具有經濟能力而提升。

美國夢與教養觀的形塑

在美國，即使一個孤兒也有像灰姑娘潔露莎一樣的機會，例如升學、成為作家改善經濟和社會地位，以及嫁入豪門，無論性別、階級，只要願意努力。

作者在小說中也凸顯了二十世紀初，美國女孩在照護、依順、寬大為懷（從對出身孤兒院的掩藏，轉而創作孤兒院小說）、認真不抱怨、公共場合出入須有女伴陪同等完美女性形象的美德與教養。同時也透過教育塑造一個逐漸啟蒙的成長女性，在舊農業畜牧社會與工業化資本主義社會交會初期，

提出美國教育、兩性、政治等種種社會現象的觀察。

最後，以主角潔露莎領會的快樂祕訣祝福所有讀者：

「快樂的祕訣就是要活在當下！大多數人並不是在生活，而是在賽跑。他們激烈地追逐著某個遙遠的目標，完全忽略了路途中的美好景致。因此，我決定在中途坐下來，累積無數個小小樂趣。」

參考資料

* Karen A. Keely, "Teaching Eugenics to Children: Heredity and Reform in Jean Webster's Daddy-Long-Legs and Dear Enemy", Johns Hopkins University Press.

*〈美國婦女獲得投票權的歷史演變過程〉，https://www.voacantonese.com/a/cantonese-wh-legal-women-suffrage-in-the-us-1019/1529488.html

第一章 憂鬱的星期三

每個月的第一個星期三令人厭惡透頂，是一個要在恐懼中等待，並在鼓起勇氣忍耐之後，忙一忙就又忘記的日子。每層樓的地板和每張椅子必須一塵不染，而且每條床單也不可以有任何皺褶。九十七位小孤兒梳洗完畢後，必須穿上熨得筆挺的棉布衣，並且被一再叮囑要注意禮節。只要理事們問話，就要說「是的，先生。」或「不是的，先生。」

這真是個痛苦的時刻，可憐的潔露莎．艾伯特是院內最年長的孤兒，承受的壓力自然也最大。這個特別的星期三，終於到了尾聲。潔露莎離開方才為訪客製作三明治的廚房，轉身上樓完成她每天的例行工作。她特別關心F號房的孩子，他們的年紀大約四歲到七歲，房裡的十一張小床排成一列。潔露莎把孩子們叫到

面前，替他們整理好儀容後，就讓他們列隊前往餐廳，享受牛奶麵包和布丁。

潔露莎坐在窗臺上，將陣陣抽痛的太陽穴緊靠著冰冷的玻璃。從五歲的那個早晨起，她就開始學習獨立，並且執行每個人的命令，還會不時被神經兮兮的女院長李佩特太太催促，甚至臭罵一頓。私底下，李佩特太太可不是像她面對理事們表現的那樣，冷靜且莊重。

這天，就她所知，應該算是圓滿落幕了。理事們與視察委員會已經巡過一輪，也聽了簡報、喝了茶，現在正要趕回他們溫暖的家，好忘記他們每個月的麻煩義務。潔露莎傾身向前，好奇地望著馬車和汽車穿過孤兒院的大門，內心燃起一絲渴望。幻想中，她坐在一輛豪華的車子裡，回到座落在山邊的別墅。她想像自己穿著一件貂皮大衣，靠在椅背上，淡淡地向司機說：「回家。」不過，當車子駛到家門前時，整個影像卻變得模糊不清。

儘管那幻想是這樣地深切，卻仍無法帶領她走進那扇她渴望進入的大門。

十七年來，貧窮又富冒險心的潔露莎從未踏入一個正常的家庭。她無法想像，其他沒有孤兒干擾的人類是如何生活的。

「潔─露─莎─艾─伯─特

有人要─你去辦公室，

我想，

你最好動作快一點！」

剛加入唱詩班的湯米．狄倫，一邊唱著歌，一邊走上樓。他愈靠近F號房，歌聲就愈嘹亮。潔露莎將自己從紛亂的思緒拉回來，準備面對現實生活中的麻煩。

「是誰找我？」她焦慮的聲音打斷了湯米的歌聲。

「李佩特太太在辦公室，

我覺得她好像很憤怒，

阿─門！」

潔露莎二話不說就衝出房間，腦海裡不停閃過一些念頭。究竟是哪裡出狀況了？是三明治切的不夠薄？還是杏仁蛋糕裡有蛋殼？又或是哪個來訪的女士看到蘇西．華生襪子上的破洞？哎呀，糟糕！該不會是F號房裡的哪個孩子把調味料弄倒在理事身上？

當潔露莎下樓時，恰好看見一位理事站在大門前，準備離開。那位理事正朝一輛停在彎曲車道上的汽車招手，車子迎面而來的瞬間，大燈將他的影子投射在走廊的牆壁上，影子的手腳被古怪地拉長，看起來像極了巨大且搖來晃去，俗稱「長腿叔叔」的大蜘蛛。

潔露莎原本緊皺的眉頭舒展開來，臉上掛著燦爛的笑容。她生性樂觀，只要一點小事就能令她開懷大笑。如果一個人能把壓力轉換為娛樂，這樣也算是件好事。這段小插曲讓潔露莎走進李佩特太太的辦公室時，臉上還掛著笑容。令人驚訝的是，女院長也在對她笑，就算不是真的在笑，至少也算是和藹可親，她現在

的笑容和她在接待訪客時裝出來的一模一樣。

「潔露莎，坐下，我有些話要跟你說。」潔露莎跌坐到離她最近的一張椅子，屏息以待。突然，一輛汽車的車燈在窗外閃過，李佩特太太匆匆瞥了一眼。

「你有注意到剛才離開的那位先生嗎？」

「我有看到他的背影。」

「他是我們最富有的理事，捐贈了大筆的金錢資助孤兒院。我不能說他的名字，因為他很明確地要求我們不能透露他的姓名。」

潔露莎的雙眼微微睜大，她不太習慣被院長叫進辦公室，討論理事的怪癖。

「這位先生已經對好幾個男孩子感到有興趣。你記得查理．班頓和亨利．弗萊茲吧？他們都被這位理事送進大學讀書，並以努力工作賺來的錢，來回報他慷慨的資助。他從不要求其他回報。到目前為止，他的仁慈只針對男孩子，我從未能讓他對孤兒院裡的女孩們產生一丁點興趣，無論那些女孩有多麼優秀。我可以告訴你，他一點也不在乎女孩子。」

「是的，女士。」潔露莎喃喃答道。

「在今天的例行會議，你的未來被提出來討論了。」

李佩特太太在此停頓了一會兒，然後以一種緩慢的語調繼續說下去，讓她的聽眾感到神經緊繃，非常痛苦。

「你知道，通常孩子們滿十六歲以後就不能繼續待在這裡，你算是個特例。你十四歲就從國中畢業，而且成績良好，所以我們決定讓你繼續升學。現在，你也從高中畢業了，我們不能再負擔你的生活，因為你已經比其他人多享受了兩年。」

李佩特太太無視潔露莎這兩年來，為了她的食宿賣力工作，她的生活永遠都是孤兒院第一，功課擺第二。

「就我剛才說的，你的未來被澈澈底底地討論了一番。」李佩特太太一邊說，

一邊用指責的眼光盯著她的囚犯。

「正常來說，我們應該討論你要到哪個地方工作，不過，你在學校裡的英文寫作表現傑出，你們學校的理事普莉查德小姐，正好是視察委員會的成員之一，她為你說了一番好話，也朗讀了你的一篇作文——〈憂鬱的星期三〉。

「在我看來，你沒有表現出一點感激，反而嘲笑著這個把你養大、為你做了那麼多的孤兒院。要不是你的文筆詼諧有趣，恐怕理事們不會原諒你。不過，那位方才離開的先生似乎非常有幽默感，因此他願意資助你上大學。」

「上大學？」潔露莎瞪大了雙眼。

李佩特太太點了點頭，繼續說：「那位先生會再跟我討論細節。他相信你有天分，並希望能夠把你培養成一位作家。」

「作家？」潔露莎呆呆地重複李佩特太太說的話。

「那只是他的理想。這個夏天，你要留在這裡，普莉查德小姐會負責替你打理所有的行李。在大學四年裡，你每個月會有三十五美元的零用錢，這些錢會由那位先生的祕書寄給你。不過，你每個月得寫一封信告訴他你的求學過程和生活細節，作為回報。

「這些信要寫給約翰·史密斯先生，由他的祕書轉交給他。這位先生的名字當然不是約翰·史密斯，不過他希望當個無名氏。對你而言，他將只是約翰·史密斯先生。他要求你寫信給他，是因為他認為沒有什麼比寫信更能培養寫作技巧的了；另一方面，他也想隨時知道你的學習狀況。不過，他絕對不會回信，所以如果有任何緊急事件需要他回覆，比如你要被退學，但我相信這應該不會發生，你可以和他的祕書聯絡。每個月寫信給那位理事是你絕對要遵守的義務，也是他唯一的要求，所以你務必要做到。」

潔露莎的雙眼不停朝門口張望，她想快點從李佩特太太的身邊逃開，釐清她腦中紛亂的思緒。她站起身，試著往門口的方向後退。李佩特太太察覺到潔露莎

的意圖，因此做了個手勢要她留下。這可是個千載難逢的「演說」機會。

「我相信你一定會好好珍惜這個從天而降的好運，對吧？世界上，沒有幾個像你這種出身的女孩子能遇到這種好事。你一定要記得……」

「我會的，女士。謝謝您！不過，我得去縫補弗萊迪．柏金斯的褲子了！」

潔露莎像陣風似地關上門，李佩特太太目瞪口呆地盯著門板，她的演講不得不被迫中斷了。

第二章　普通又非凡的大學生活

費格森宿舍二一五號房

九月二十四日

親愛的善良理事：

我昨天搭乘四個小時的火車，終於來到即將就讀的大學！這真是太有趣了，不是嗎？我以前從來沒有搭過這種交通工具呢！

大學校園占地遼闊，我只要一離開房間就會迷路。等我適應了新環境後，我會再寫一封信，向您報告我的上課情況。其實，寫信給陌生人是件奇怪的事，而且我從出生到現在只寫過三封信，所以如果信上的格式或用詞不是非常標準，就請您睜隻眼閉隻眼吧！

今年夏天，我思考了很多關於您的事，因為您的這份善行讓我覺得自己好像

ANY ORPHAN
Judy at Basket Ball
Daddy-Long-Legs
Stereognathus

找到了一個家。但是我必須承認，當我想到您的時候，我的想像力發揮不了多大的作用。對於您，我只知道三件事情：

一、您的個子很高。

二、您非常富有。

三、您討厭女孩子。

我想，我可以稱呼您為「親愛的討厭女孩先生」，只不過那有點侮辱我；或許，我可以稱呼您「親愛的有錢人」，但是那樣似乎冒犯到您，好像您只有「富有」這個優點。而且，有很多聰明人都曾在華爾街慘糟滑鐵盧，所以您可能也不會一生都這麼富有。不過，您這輩子的身高應該不會改變了吧！因此，我決定稱您為「親愛的長腿叔叔」，希望您別介意。這只是個私底下的暱稱，別告訴李佩特太太哦！

再過兩分鐘，十點的鐘聲就要敲響了。我們的一天被鐘聲切成好幾個時段，上課、用餐、就寢統統都得遵照鐘聲。

就寢時間到！晚安！

您看我多麼守規矩，這都多虧了約翰．葛萊爾之家的訓練。

十月一日

親愛的長腿叔叔：

我喜歡大學，也喜歡送我來這裡的您。我真的非常、非常快樂，幾乎每晚都興奮得睡不著覺！我深深地替所有無法上大學的人感到難過，而且我相信您以前就讀的大學一定沒有這麼好！

我的房間位在一座塔樓上，在新的醫院興建之前曾是間傳染病病房。同樣住在這層樓的還有另外三位女孩：一位總是要求別人保持安靜的高年級女生和兩位新生——莎莉．麥克布萊德與茱莉亞．潘道頓。莎莉有一頭紅髮和高挺的鼻子，待人相當友善；茱莉亞出身紐約名門望族，還沒注意到我。莎莉和茱莉亞住在同一個房間，那高年級女生和我則住在單人房。

我的房間有兩扇窗戶，窗外的景致相當不錯。和二十位室友同住了十八年後，孤獨反而讓人可以好好喘口氣。這是我認識潔露莎・艾伯特最好的時機。我想，我會喜歡她的。

您認為您會喜歡她嗎？

星期二

學校正在招募新生籃球隊，而我極有可能入選。雖然我身材嬌小，但是我的反應相當敏捷。當其他人跳到半空中時，我可以從她們的腳底下穿過並搶到球。

秋天午後，大家一同在操場上練球，度過美好又歡樂的時光。她們是我見過最快樂的女孩們，而我是其中最開心的一個！

我原本打算寫封長信和您談談我的功課，但是第七堂課的鐘聲響了，而且我

必須在十分鐘內換好體育服前往操場集合。您會希望我入選籃球隊吧？

您永遠的　潔露莎．艾伯特

附記：莎莉．麥克布萊德稍早探頭進來，她說：「我想家想得快受不了了，你會嗎？」我笑了一下，回答：「不會，我還撐得下去。」

思鄉病是我絕對不會染上的疾病，因為我從來不認為有人會懷念在孤兒院裡度過的時光，您覺得呢？

十月十日

親愛的長腿叔叔：

您聽說過米開朗基羅嗎？

他是中世紀有名的藝術家。所有上英國文學課的同學似乎都知道他，而我卻以為他是大天使，惹得大家捧腹大笑。

上大學的其中一個麻煩，就是大家都認為你應該知道一些你從來沒學過的東西，這讓我經常出洋相。不過，現在只要女孩們提到我不懂的事，我就會識相地保持沉默，並在事後查閱百科全書。

您想知道我如何布置我的房間嗎？我用咖啡色和黃色作為整體房間的色調，還買了一塊黃色單寧布窗簾、一張二手的桃花心木書桌、一把藤椅和一個有著一小塊墨漬的咖啡色地毯。

莎莉．麥克布萊德也幫我在高年級生舉辦的跳蚤市場上，挑了幾件家具。她從小到大都住在家裡，因此對於家具擺飾相當有概念。當你一輩子身上從未擁有超過五分錢，你一定無法想像用一張真正的五美元紙鈔購物，是一件多麼開心的事。親愛的叔叔，我向您保證，我衷心感激您給予我零用錢。

莎莉是全世界最好的人，茱莉亞則相反。莎莉覺得每件事都很有趣，就連考試不及格也包含在內；茱莉亞則覺得每件事都無趣透頂，她從未想過要對別人表示善意。茱莉亞和我的個性註定不合。

現在，您一定等不及要聽聽我修了哪些課程吧？

一、拉丁文
二、法文
三、幾何學
四、英文
五、生理學

您正在受教育的　潔露莎・艾伯特

星期三

親愛的長腿叔叔：

我改名字了。

在學校名單上，我仍然是「潔露莎」，但在其他場合，我則是「茱蒂」。為自己取小名真是一件悲哀的事，不是嗎？不過，「茱蒂」這個名字也不算是我憑空捏造出來的，因為在弗萊迪・柏金斯牙牙學語時，他都是那樣稱呼我。

我希望李佩特太太往後替小寶寶取名時，能多花點心思。她都用電話簿上的姓名替我們取姓氏，然後再從別處隨便為我們命名。「潔露莎」這個名字，就是她從一塊墓碑上看到的。我一直都很討厭這個名字，但是我喜歡「茱蒂」。這個名字聽起來像是屬於擁有一雙藍眼睛，而且被家人寵壞了的女孩子的，與我的遭遇完全不同。今後，請叫我茱蒂。

（晚餐的鐘聲響了，再見！）

星期五

叔叔，英文指導教授說，我的上一篇論文展現了一種非比尋常的原創性。她真的這麼說！一想到我十八年來受到的訓練，就覺得這不太可能，因

為約翰·葛萊爾之家的目的，就是要把九十七位孤兒的模樣和言行舉止，塑造得一模一樣。

不過，我不尋常的藝術天分倒是在小時候，就透過在門板上畫李佩特太太展現出來了。我希望當我批評約翰·葛萊爾之家時，您別生氣。當然，您有權利在我的性格變得太惡劣時，隨時停止您的金援。雖然這麼說不太恰當，但您不能期望我非常有禮貌，畢竟孤兒院不是淑女訓練學校。

叔叔，您知道的，大學生活裡最困難的不是功課，而是娛樂。大部分的時候，我都聽不懂女孩們在談些什麼，她們的話題似乎都與她們相同的過去有關。在她們的世界裡，我就像是一位外國人，這讓我感到非常失落。其實，我在求學階段的過程中，常常有這種感覺。例如高中時，女孩們會站在一起冷眼看著我，彷彿我是個怪人。我可以感覺到「約翰·葛萊爾之家」這幾個字就寫在我的臉上，然後有一些好心的同學會走過來安慰我。我討厭他們每一個人，尤其是那些好心人。

這裡沒有人知道我是在孤兒院長大的。我告訴莎莉·麥克布萊德：我的父母雙亡，是一位好心的老先生送我上大學的。我不希望您覺得我很愚蠢，因為我真的非常渴望能夠和其他女孩一樣，而我童年可怕的「家」，就是我們之間最大的差別。

無論如何，莎莉·麥克布萊德喜歡我！

您永遠的　茱蒂·艾伯特（原名潔露莎）

十月二十五日

親愛的長腿叔叔：

我已經入選籃球隊了！您真應該看看我左肩上的瘀青，又青又紫，還帶點橘色的條紋。茱莉亞·潘道頓也想加入籃球隊，但是她沒能入選。真是太棒了！您看我的心胸有多麼狹窄。

大學生活愈來愈有趣了。我喜歡這些女孩們、老師和課程，也喜歡這裡的環境和食物。我們一週吃兩次霜淇淋，而且完全不吃玉米粥。

您之前對李佩特太太說，我一個月只需要寫一封信，我卻每隔幾天就寄一封信給您！那是因為我需要有個人聆聽我對這些新奇事物的感想，而您是我唯一可以訴說的人。如果我的信打擾到您，您可以隨時把它們丟到垃圾桶裡。我保證，十一月中旬前，我不會再寫信給您了。

您喋喋不休的　茱蒂．艾伯特

十一月十五日

親愛的長腿叔叔：

您還沒聽我說過我的衣服，對吧？我有六件非常漂亮的洋裝，而且不是別人穿過的二手衣！或許您不知道這在一個孤兒的生命中，是相當大的轉捩點吧？您給了我這些新衣服，我非常、非常、非常感激！受教育固然很棒，但是比不上擁

有六件新衣那樣令人目眩神迷。

這些衣裳是視察委員會的普莉查德小姐替我挑選的，幸好不是李佩特太太。我有一件點綴著石竹花的晚禮服、一件上教堂穿的藍色連身裙、一件罩著紅色薄紗且鑲有東方式滾邊的晚宴服、一件有著玫瑰印花的洋裝、一件灰色套裝和一件上課穿的便服。

我猜，您一定認為我是一個無趣又膚淺的女孩吧！不過叔叔，如果您這輩子都穿著破破爛爛的衣裳，就能夠體會我此刻的心情了。我上高中時，曾穿過比棉布衣更糟糕的衣服。

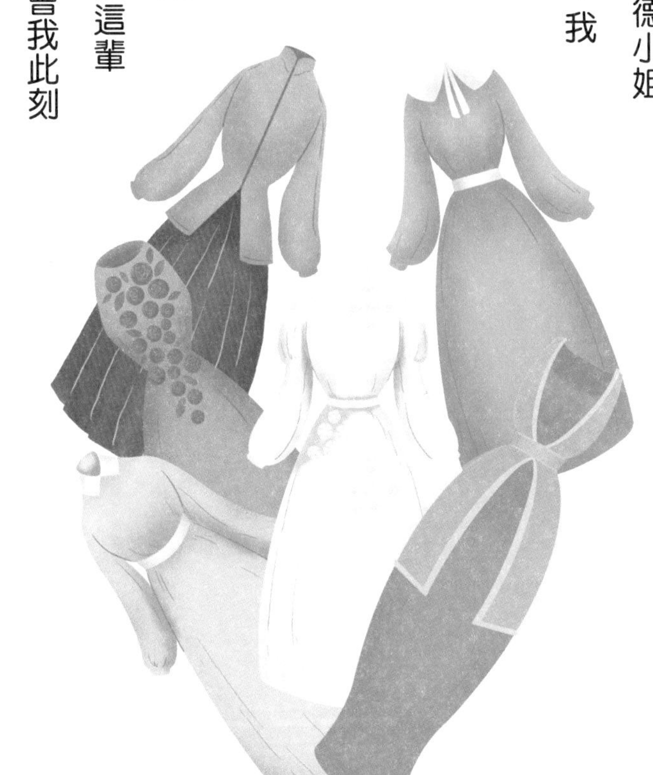

那些衣服來自施捨箱！

您絕對無法想像我多麼害怕穿施捨箱裡的衣服去上學，因為我非常確信自己會被安排坐在衣服原主人的旁邊，而且她會和其他人竊竊私語並對我指指點點。即使我下輩子都有絲襪可以穿，也無法抹去我內心的傷痕。

J．艾伯特

附記：我知道我不該指望收到任何回信，而且也曾被警告絕對不能拿問題來煩您，但是叔叔，我真的非常希望您能回答我的問題：您是中年人，還是老人？您已經禿頭了嗎？憑空想像您的容貌真的非常困難啊！

我只知道您是一位身材頎長、討厭女孩，卻對我非常慷慨的有錢人，您到底長什麼樣子呢？

敬請回覆。

十二月十九日

親愛的長腿叔叔：

您始終沒有回答我的問題，而這個問題對我來說十分重要啊！

我對您的模樣已經有了初步的輪廓，但是我實在無法決定您是黑髮、白髮，還是禿頭。

（小教堂的鐘聲響了。）

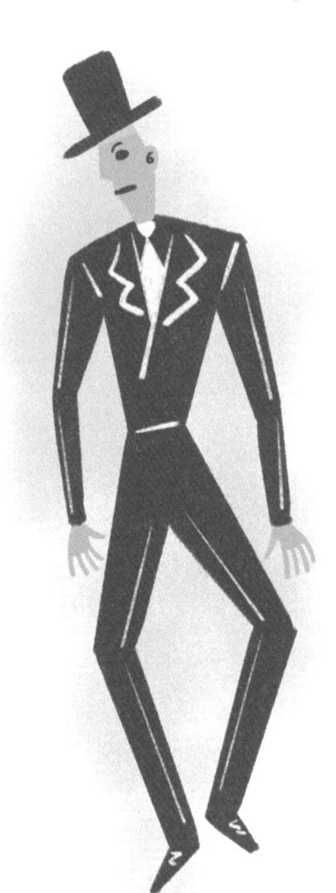

晚上九點四十五分

我訂了一條十分嚴格的規定：無論隔天有多少考試，絕對、絕對不在晚上讀教科書。相反的，我只讀課外讀物。我必須這麼做，因為我已經浪費了十八年的歲月。叔叔，您一定無法相信我是多麼地無知。那些來自正常家庭，擁有家人、

朋友和圖書室的女孩自然而然吸收到的知識，我卻從未聽說過。例如：

我從來沒聽過《鵝媽媽》、《灰姑娘》、《塊肉餘生記》，也沒聽過《魯賓遜漂流記》、《簡愛》和《愛麗絲夢遊奇境》。我從未看過一幅名叫「蒙娜麗莎的微笑」的畫作，更從未聽過「福爾摩斯」這號人物。

現在，我不僅知道了這些知識，還學到了許多實用的常識，但您應該看得出來，我還得加緊腳步才能跟上其他女孩。噢，這真是件有趣的事！我每天都殷殷期盼夜晚的到來，到了晚上，我就在房門口掛上「請勿打擾」的牌子，並穿上舒適的紅色睡袍和絨毛拖鞋，然後坐到長沙發上，沉浸在書香世界裡。

您永遠的　茱蒂·艾伯特

第三章 自主學習

星期六

先生：

很榮幸向您報告我在幾何學領域的新探索。上週五，我們放棄了先前平行六面體的成果，轉往截稜柱邁進。我們發現這條路艱困難行。

星期天

下星期就是聖誕假期了！大廳塞滿了行李箱，讓人寸步難行。有一位來自德州的新生也和我一樣決定留在宿舍，我們計畫要去遠足，如果地面結冰，我們也想要學溜冰。更棒的是，我有整整三個星期的時間可以在圖書館裡瘋狂地閱讀！

叔叔，祝您聖誕快樂！

您永遠的　茱蒂

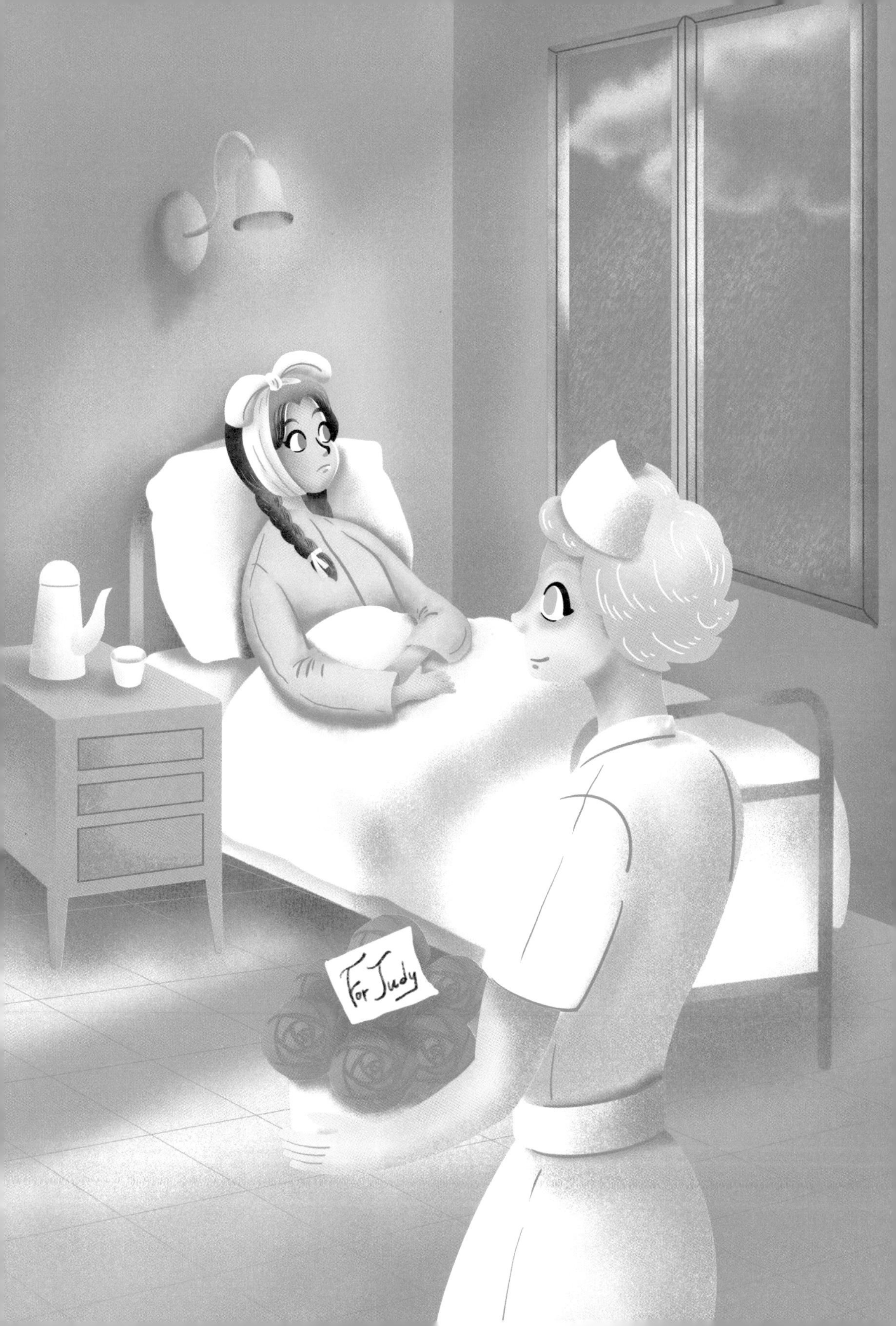
For Judy

接近聖誕假期的尾聲，確切日期不詳

親愛的長腿叔叔：

您所在的地方正在下雪嗎？從我的塔樓望出去，可以看見全世界披著一片銀白色的鎧甲，大如爆米花的雪片紛紛從天上飄落。此刻是傍晚時分，太陽落到寒冷的紫色山丘後方，我坐在書桌前，利用從窗戶透進來的最後一絲餘暉寫信給您。

收到您的五枚金幣讓我感到非常驚喜！我不習慣收到聖誕禮物，而且您已經給了我太多、太多的東西了。不過，我還是很喜歡這份禮物。您想知道我用這些錢買了什麼嗎？

一、一只銀色的手錶。
二、一本詩集。
三、一個熱水瓶。
四、一條毛毯。（塔樓的房間非常寒冷。）
五、五百張黃色稿紙。（我很快就要開始寫作了。）

六、一本同義詞字典。（為了擴充我的字彙量。）

七、一雙絲襪。

我對我的七樣禮物心存感激，並且假裝它們被裝在一個大箱子裡，從加州的老家寄來。您應該不會反對我的這種幻想吧？

現在我該和您談談我的假期，還是您仍舊只關心我的教育？

與我度過聖誕假期的德州女孩名叫蕾奧諾拉．芬頓。我喜歡她，但還是最喜歡莎莉．麥克布萊德。只要天氣晴朗，我、蕾奧諾拉和兩位大二的女孩，就會到鄉間散步。有一次，我們走了四英里路來到鎮上，然後進去一家學校女生常去吃飯的餐廳用餐。這裡的烤龍蝦三十五分錢，甜點是淋上楓糖漿的蕎麥煎餅，價格為十五分錢，既營養又便宜。

上週五，我們製作了糖蜜糖果，是費格森的舍監為所有沒返家過節的學生舉辦的活動。頭戴白帽、身穿圍裙的廚師，拿出二十二個白帽和圍裙，把我們每位女孩統統變成了「廚師」。

雖然我吃過更美味的糖果，但製作糖蜜糖果真是太有趣了！活動結束時，每個人的身上和廚房的地板全都黏糊糊的。我們組成一支奇怪的隊伍，大家的手裡各自拿著不同的物品，有大叉子、大湯匙和平底鍋。我們穿越空蕩蕩的大廳來到教師休息室，那裡有一些教授正在閒話家常。我們為他們唱校歌，並將剛做好的一部分糖蜜糖果送給他們。他們雖然有些猶豫，但最終還是收下了我們的禮物。

您真的不認為我應該成為一位藝術家，而不是作家嗎？

再過兩天，假期就要結束了，能夠再次見到我的同學們使我感到無比興奮！

晚安，並謝謝您還惦記著我。我應該感到非常快樂，但是我的心情卻有點鬱悶，因為二月要考試了。

愛您的　茱蒂

附記：致上愛意會不會不太適當呢？如果會的話，請原諒我。不過，我必須愛某人，而我只有您和李佩特太太可以選擇，所以您得忍耐一下，因為我無法愛她。

星期日

最親愛的長腿叔叔：

我有個非常不好的消息要告訴您，不過我會先說說其他有趣的事情，讓您先有個好心情。

潔露莎·艾伯特準備成為一位作家了。她的一首名叫〈從我的塔樓〉的詩被刊載在二月的月刊首頁，這對一名新生來說是莫大的榮耀啊！您若是想讀，我會寄一份給您。

讓我想想看有沒有其他令人振奮的好消息可以告訴您……噢，有了！我正在學溜冰，而且已經可以自己溜得相當不錯了。另外，我學會了用繩索從體育館的屋頂爬下來，也學會了跳高。

現在，要告訴您壞消息了……茱蒂，勇敢點！你一定得說出來！

我的幾何學和拉丁文被當了，下個月要再補考一次。

我很抱歉讓您感到失望，但其實我並不是很在意考試不及格，因為我學到了許多課堂上沒有教的知識，也讀了十七本小說和許多首詩。

所以您瞧，叔叔，我學到的東西遠比拉丁文還要多。如果我保證以後絕不再被當，您能原諒我這一次嗎？

您傷心懺悔的　茱蒂

最親愛的長腿叔叔：

這封信是我這個月額外寫給您的，因為我今晚覺得有些寂寞。外頭狂風暴雨，校園內的燈都熄了，可是我喝了黑咖啡無法入睡。

今晚，我舉辦了一場晚餐派對，參加的人有莎莉、茱莉亞和蕾奧諾拉，我準備了沙丁魚、烤馬芬、沙拉、軟糖和咖啡。茱莉亞說她玩得很愉快，莎莉則留下來幫忙洗盤子。

叔叔，您介意充當成我的祖母嗎？只要一會兒就好。莎莉有一位祖母，茱莉亞和蕾奧諾拉則各有兩位，她們今晚都將自己的祖母拿出來互相比較。我絲毫無法想像自己該如何與祖母相處，所以如果您真的不介意，我想把我昨天進城時看到的淡紫色蕾絲無邊帽送給您，作為您的八十三歲生日禮物。

小教堂的鐘聲響了，我想我該去睡了。

晚安，祖母。

非常愛您的　茱蒂

三月二十六日

長腿叔叔史密斯先生：

先生，您從不回答我提出的問題，也從未對我做的任何事情表現出感興趣的樣子。您可能是那些理事裡最惡劣的一位，您讓我受教育的原因不是因為您關心我，而是出於義務。

我對您一點也不了解，我甚至不知道您的名字。寫信給「一個東西」讓我提不起興趣。我強烈懷疑您從未讀過我寫給您的信，就將它們丟進垃圾桶裡。從今以後，我只告訴您有關課業方面的事情。

上星期，我的幾何學和拉丁文補考順利通過了。

潔露莎・艾伯特敬上

四月二日

親愛的長腿叔叔：

我是個不知感恩的壞女孩。

請忘記我上星期寄給您的信。寫信那晚，我不僅內心非常寂寞，喉嚨還隱隱作痛。現在，我人在醫院，而且已經待在這裡六天了。這是醫生第一次讓我從病床上坐起來，還給了我紙和筆。不過，我不停地想，如果您不原諒我，我的身體可能將永遠都無法康復了。

我不能再寫了，因為我起身太久會有點頭暈。請原諒我的無禮和忘恩負義。畢竟我從未受過良好的教育。

非常愛您的　茱蒂・艾伯特

住院中

四月四日

最親愛的長腿叔叔：

昨天傍晚，當我坐在病床上看著窗外的雨時，護士給了我一個裝滿粉紅色玫瑰的白色大盒子。更棒的是，盒子上還附有一張措辭文雅的小卡片。叔叔，真的、真的非常謝謝您！您的花是我這輩子收過最真實的禮物。如果您想知道我有多麼地孩子氣，我可以告訴您，我開心得躺在病床上大哭呢！

現在，我確定您有仔細閱讀我寫給您的信，往後，我會在信上告訴您更多有趣的事情，讓這些信值得被您用紅緞帶綁起來，好好保存。不過在此之前，請您先把我上個月寄給您的那封無禮的信燒掉。

謝謝您讓一位生病且悲傷的新生重新高興起來。或許您有許多親愛的家人和朋友，所以無法明白孤獨是什麼樣的滋味，但是我非常清楚。

晚安。

我保證以後絕不再胡鬧，也保證以後絕對不再拿問題來打擾您了。

您還是很討厭女孩子嗎？

您永遠的　茱蒂

第四章　洛克威洛農場

星期一，第八堂課

親愛的長腿叔叔：

但願您不是那位一屁股坐在蟾蜍身上的理事。聽說那隻蟾蜍爆開了，所以很可能是一位身材較胖的理事。

您還記得約翰．葛萊爾之家的洗衣房窗戶旁，那些覆蓋著格柵的小凹洞嗎？每年春天，蟾蜍活躍的季節開始時，我們就會到處捕捉蟾蜍，並將牠們聚集在那個小凹洞裡。牠們偶爾會跳進洗衣房，引起一陣大騷動。我們經常為此受到嚴厲的懲罰，卻不減我們收集蟾蜍的興致。

然而有一天，一隻又肥又大的蟾蜍不知何時跳上了理事會議室的大皮椅。結果，下午開會時……當時您一定也在場，也記得接下來發生了什麼事吧？

星期四，做完禮拜後

您知道我最喜歡哪本書嗎？我指的是「現在」。我的喜好每三天就會改變一次。我最喜歡《咆哮山莊》。艾蜜莉．勃朗特相當年輕時就寫了這本書，她從未去過哈沃斯教區以外的地方，也從未接觸過男性。那麼，她到底是如何創造出像希斯．克里夫這樣的男人呢？

我和她一樣年輕，也沒去過約翰．葛萊爾之家以外的地方，但我就是無法辦到。我有時會對於自己並非天才而感到氣餒。叔叔，如果我沒辦法成為一位偉大的作家，您會非常失望嗎？春天，世間萬物是那麼地美好且欣欣向榮，我真想拋下功課，跑去和大自然一同玩耍。經歷書中的故事比寫書有趣多了。

天啊！

我的尖叫聲引來了莎莉、茱莉亞和住在對面的大四生。就在我剛寫完上一句，正在思考下一句該寫些什麼時，一隻蜈蚣忽然從天而降，落在我身旁。我立刻從

椅子上彈起來，不小心打翻了放在桌上的茶杯。莎莉用我的梳子使勁地打牠，打死了前半截，可是剩下的五十雙腳跑到衣櫥下方逃走了。

這間宿舍年代久遠且爬滿了長春藤，因此藏滿了蜈蚣。我寧願在床底下發現一隻老虎，也不想再看到蜈蚣。

星期五，晚上九點半

倒楣的事接二連三地發生！今天早上，我沒聽見起床的鐘聲，急急忙忙穿衣時又弄斷了鞋帶，還扯掉了洋裝上的一顆鈕扣，結果，我來不及吃早餐，第一節的複習課也遲到了；然後我忘了帶吸墨紙，偏偏鋼筆又漏水；上三角函數課時，教授與我在對數方面的一個小問題上出現意見分歧，事後我查了資料，發現他的見解才是正確的；午餐是我討厭的燉羊肉和大黃派，嚐起來和孤兒院的食物沒什麼差別；教授突然將下午的英語課改成了寫作課，他在黑板上寫下一首詩，要求我們加以評論。

整整三個小時，大家都坐在位置上發楞，腦筋一片空白。受教育真是個折磨人的過程啊！

您以為倒楣的事情就這樣結束了嗎？才不！

雨天害大家不能打高爾夫球，只能在體育館做體操；回到宿舍後，我發現我新買的天藍色洋裝送來了，可是裙子非常緊，讓我無法好好坐下；星期五是打掃阿姨清理宿舍的日子，而她把我桌上的紙弄得亂七八糟；做禮拜的時間延長了二十分鐘；最後，當我好不容易有時間坐下來閱讀《仕女圖》時，班上那個傻里傻氣的艾克莉忽然闖進我的房間向我請教功課，她待了整整一個小時才離開。

您有聽說過這麼一連串叫人洩氣的事嗎？日常生活中，人們並非僅在大難臨頭時才需要勇氣，但要以微笑面對一天中發生的任何瑣事，我認為這確實非常需要智慧啊！

從今天起，我要開始培養這種品格，並假裝人生只不過是一場比賽，讓自己盡可能熟練且公正地參與其中，不論輸或贏，我都會聳聳肩一笑置之。

總之，我要成為一位寬宏大量的人。親愛的叔叔，您再也不會聽到我因為看見蜈蚣而大肆抱怨了。

您永遠的　茱蒂

五月二十七日

親愛的長腿叔叔：

我收到了一封李佩特太太寄來的信。她說，考慮到今年暑假我可能沒有地方可去，因此她願意讓我回到孤兒院打工換宿，直到開學為止。

我討厭約翰．葛萊爾之家！絕對、絕對不想回去！

您最誠實的　潔露莎．艾伯特

親愛的長腿叔叔：

您真是太神奇了！

我非常開心能到農場去，因為我這輩子從來沒去過農場！況且，我也討厭回約翰．葛萊爾之家去洗一整個夏天的盤子。

請原諒我這封信寫得如此簡短。我現在無法多寫我的近況，因為我正在上法文課，而我擔心教授就快要叫我起來回答問題了。

他果然叫我了！

Au revoir, je vous aime beaucoup.（再見，我好愛您。）

茱蒂

五月三十日

親愛的長腿叔叔：

您曾參觀過我的校園嗎？這裡在五月的時候，完全就是個天堂！所有的植物都欣欣向榮，就連老松樹看起來也十分生機蓬勃。草地上點綴著黃色的蒲公英，以及許多身穿藍色、黃色和粉紅色洋裝的少女。由於暑假即將來臨，每個人看起

來都相當快樂。

叔叔，我是其中最快樂的一個！因為我再也不用回去約翰．葛萊爾之家，也不用再當任何人的保母或打字員了。

我對於自己以前做過的所有壞事感到抱歉。

我對於自己時常頂撞李佩特太太感到抱歉。

我對於自己曾經打過弗萊迪．柏金斯感到抱歉。

我對於自己曾把鹽巴倒進糖罐裡感到抱歉。

我對於自己曾在理事們背後扮鬼臉感到抱歉。

我以後要做個溫柔又懂事的好女孩，因為我是如此地快樂。

真希望您能撥空前來參觀我的校園，讓我能一邊帶您到處走走，一邊向您介紹：「親愛的叔叔，那棟建築物是圖書館，這棟是煤氣房。您左手邊的哥德式建築是體育館，而它旁邊的羅馬式建築則是新建好的醫院。」

噢，我真的非常擅長導覽！我曾在孤兒院為所有的訪客導覽，而且昨天也帶

克威洛，認識潘道頓家族的成員可說是最好的自我介紹了。

農場的生活愈來愈有趣了。我昨天乘坐了運送乾草的四輪馬車。我們有三頭大豬和九隻小豬，您真應該看看牠們吃飯的模樣。另外，這裡不僅擁有許許多多的小雞、鴨子、火雞和珍珠雞，還飼養了六頭牛。當您在鄉下待過後，您絕對會認為選擇居住在城市裡的人簡直是瘋了。

尋找雞蛋是我每天的任務。昨天，我試著爬到黑母雞的鳥巢去拿雞蛋時，不小心從穀倉的橫梁上摔了下來。森普太太替我包紮傷口時，嘴裡還不停說著：「天啊！傑維斯少爺也曾經從那個橫梁上摔下來，而且傷口的位置和你的一樣呢！」

總之，農場生活非常忙碌，讓我遲遲無法開始動筆寫出曠世巨作。

您永遠的　茱蒂

附記：這張圖畫是未來的大作家潔露莎．艾伯特小姐，正在趕牛群回家。

星期日

親愛的長腿叔叔：

您聽聽看，這件事是不是很有趣？昨天下午，我提筆寫信給您，可是當我寫完「親愛的長腿叔叔」後，立刻想起我曾答應要替森普太太摘些黑莓，於是我把信紙留在桌上，起身離開。當我完成任務回到書桌前，您猜，我在信紙上發現了什麼東西？一隻真正的「長腿叔叔」大蜘蛛！

我輕輕地抓起牠的一隻腳，然後把牠丟到窗外。我永遠都不會傷害牠們，因為牠們總是讓我想起您。

等我寫完這封信，我就要開始閱讀我在閣樓裡發現的一本書了。這本書的書名是《在小徑上》，扉頁還被一個調皮的小男孩寫上：

傑維斯·潘道頓

如果這本書跑出去流浪，

請捏著它的耳朵，送它回家。

他十一歲時生了一場大病，因此來到這裡度過了一個夏天，後來忘了把《在小徑上》帶走。看來，他將這本書讀得非常透澈，因為書本裡充滿了他用小手做的記號。他的水車、風車和一些弓箭也遺留在閣樓的角落。森普太太經常談起他，讓我開始覺得他是一位活生生的人，他不是頭戴禮帽、有著紳士風度的成年男子，而是一個調皮可愛、頂著一頭亂髮的小男孩。

對您充滿孺慕之情的　茱蒂·艾伯特

九月十五日

親愛的長腿叔叔：

昨天，我用雜貨店裡的麵粉磅秤量了體重。想不到，我竟然增胖了四公斤！容我向您推薦洛克威洛農場為最有益身心的度假聖地。

您永遠的　茱蒂

第五章　大蘋果紐約

九月二十五日

親愛的長腿叔叔：

　　您瞧，我現在是一位大二生了！雖然我非常捨不得離開洛克威洛農場，但是能夠再次見到班上的同學，讓我感到十分興奮！回到熟悉的地方感覺真好！我開始覺得學校就像是我的家，校園氛圍讓我的內心充滿了歸屬感。

　　現在，叔叔，您聽聽這個消息。您猜，新學期我和誰住在同一間房？答案是莎莉．麥克布萊德和茱莉亞．潘道頓！而且我們擁有一間書房和三間小臥室！

　　去年春天，我和莎莉決定要住在一起，茱莉亞則想繼續與莎莉同住。我不知道為什麼茱莉亞想繼續和莎莉當室友，她們倆絲毫沒有半點相似之處。我想，可能是因為潘道頓家族的人生性謹慎且不喜歡改變吧！

莎莉
書房
茱莉亞
茱蒂
走廊
麥克布萊德萬歲

莎莉正在競選班長，除非所有的徵兆都只是個假象，否則她一定會當選的。班上現在充滿了爾虞我詐的氣氛，您應該看看我們多麼像政治家！噢，叔叔，我告訴您，一旦我們女人爭取到自身的權利後，你們男人就得加倍小心維護自己的權利了。投票日訂在下週六，我們決定不管是誰當選，都要在當天晚上舉行火炬遊行。

我開始上化學課了，這是一門最不尋常的科目，我這輩子還沒上過比它更艱澀的課程。這學期我還修了辯論與邏輯課、世界史、莎士比亞的戲劇，還有法文。如果我再學習個幾年，應該會變得非常有學問。

晚安，叔叔。我現在要去班上同學的房裡討論化學，順便聊一下我對選舉的一些看法。

您熱衷政治的　Ｊ．艾伯特

十月十七日

親愛的長腿叔叔：

假如體育館裡的游泳池充滿了檸檬果凍，您想，一個人會繼續漂浮在水面上，還是會沉下去呢？在我們享用飯後甜點檸檬果凍時，有人提出了這個問題。我們熱烈地討論了半小時，卻仍然沒有結論。莎莉認為她可以在充滿檸檬果凍的泳池裡游泳，但我卻非常肯定就算是世界上最厲害的游泳選手，也會沉入水底。

我曾向您提過選舉的事情嗎？那是三週前發生的事，但對生活步調快速的我們來說，似乎已經是個悠久的歷史。莎莉當選了！當天晚上，我們拿著火炬遊行，並高舉「麥克布萊德萬歲」的橫幅，還有由十四位學生所組成的樂隊呢！

現在，住在二五八號房的所有人都成了重要人物，我和茱莉亞也因此沾了不少光。和班長住在同個寢室，需要承受相當大的社交壓力呢！

晚安，親愛的叔叔。

您的　茱蒂

十一月十二日

親愛的長腿叔叔：

昨天的籃球比賽，我們順利擊敗了新生！我們當然非常高興，但要是也能打敗大三生就好了。

莎莉邀請我去她家歡度聖誕假期。她住在麻薩諸塞州的伍斯特。她人真好，對嗎？我一定會去的。除了洛克威洛農場之外，我從未去過任何人的家裡。麥克布萊德家的成員有：一屋子的小孩、媽媽、爸爸、祖母和一隻安哥拉貓，是個相當完整的家庭！我一想到就興奮無比！

第七堂課的鐘聲響了，我得趕緊去排練了。我將在感恩節的話劇演出中，飾演一位住在高塔上的捲髮公主。是不是很有趣呢？

您的

Ｊ．Ａ．

麻薩諸塞州，伍斯特

十二月三十一日

親愛的長腿叔叔：

其實，我在很早之前就想寫信告訴您，我有多麼感激您寄聖誕支票給我，可是在麥克布萊德家的生活太充實了，我幾乎找不到時間待在書桌前。

到莎莉家作客，讓我度過了最美好的聖誕假期。她住在一棟舊式紅磚大屋裡，離街道有段距離，完全就是我從約翰．葛萊爾之家的窗戶往外看時，會看到的那種房子。我那時經常思考：那種建築物裡的擺設會是什麼樣子呢？我從未奢望自己能親眼看見，但我現在竟然就站在這裡！屋子裡的每件物品都讓人覺得相當舒適、自在。我在每個房間走來走去，盡情沉醉在家具擺飾之間。

至於家人們，我從未想過他們會如此友善！莎莉有一位爸爸、媽媽、祖母，以及一個滿頭捲髮的三歲妹妹、一個老是忘記把腳擦乾的弟弟，和一個高大英俊的哥哥，他的名字叫作吉米，是普林斯頓大學的大三生。

莎莉的父親擁有一座工廠。他在平安夜當天，為員工們的小孩布置了一棵大聖誕樹。吉米裝扮成聖誕老公公與孩子們一同玩耍，我和莎莉則幫忙分送禮物。叔叔，這真是一種奇妙的感覺！我覺得自己就像約翰．葛萊爾之家的理事們那樣慈善！

聖誕節過後的第二天，莎莉一家特地為我舉辦了一場舞會。這是我人生中參加的第一場舞會。我穿了一件白色晚禮服，戴上白色的長手套，腳上還穿著一雙白色的舞鞋。唯一令我感到遺憾的是——李佩特太太沒有看到我和吉米帶頭跳方塊舞的樣子。拜託您，請您下次去拜訪約翰．葛萊爾之家時告訴她。

您永遠的　茱蒂．艾伯特

附記：叔叔，如果我沒有成為偉大的作家，而只是一個平凡的女孩，您會不會感到非常失望呢？

星期六，早上六點半

親愛的叔叔：

今天我們徒步走到鎮上，可是，天啊！外面下著傾盆大雨。我喜歡的冬天是下著雪而不是雨啊！

今天下午，茱莉亞那令人喜愛的叔叔再度來訪，而且還帶了一盒五磅重的巧克力。您瞧，這就是和茱莉亞住在同一寢室的優點。茱莉亞的叔叔似乎對我們聊天的話題相當感興趣，因此特地延後一班火車，讓自己可以繼續在書房裡喝茶。其實，為了讓茱莉亞的叔叔能夠進來宿舍，我們可是費了不少工夫。要獲准接待爸爸和祖父已經夠困難的了，叔叔則更加費事；至於兄弟或堂表兄弟，更是難如登天。茱莉亞必須在公證人面前發誓那位是她的親叔叔，並附上郡書記官的證明書。不過我總懷疑，如果院長有機會看到茱莉亞的叔叔是多麼地年輕英俊，我們的茶可能就喝不成了。

我告訴茱莉亞的叔叔，去年夏天我到洛克威洛農場度假。我和他開心地聊著森普夫婦、馬兒、牛群和小雞們。所有他認識的馬兒都去世了，只剩下老葛洛佛。他最後一次見到葛洛佛時，牠還是一匹可愛的小馬呢！

他問我，森普夫婦是否依舊把甜甜圈存放在一個黃色的瓦罐裡，罐子上還蓋著一個藍色的盤子？沒錯，他們仍舊這麼做！他還想知道夜間農場的石堆底下，是否還有一個土撥鼠的洞穴？的確有呢！今年夏天，農場的員工在那裡抓到了一隻又大又肥的灰色土撥鼠，是傑維斯少爺在小時候抓到那隻的第二十五代曾孫。

我當面稱他「傑維斯少爺」，而他似乎不以為意。茱莉亞說她從來沒看過她的叔叔這麼和藹可親，他平時總讓人覺得難以親近。不過，茱莉亞毫無交際手腕，而我發現和男人相處需要很多小技巧。男人就像貓一樣，如果你順著他的毛撫摸，他就會滿意地發出「呼嚕」聲；你若不這麼做，他便會發出低沉的怒吼。

天啊！外面的大雨似乎沒有要停止的跡象。我們今晚得游泳到小教堂了。

您永遠的　茱蒂

一月二十日

親愛的長腿叔叔：

您曾經有個可愛的女嬰，在襁褓時期被人從搖籃裡抱走嗎？也許我正是她！如果我們是小說裡的主角，結局說不定就是如此，不是嗎？

不知道自己的身世雖然有點古怪，卻也令人感到有點興奮，因為我的身世有非常多的可能性。也許我並非美國人，或者我是古羅馬人的後代，說不定我是個吉普賽人。我認為這非常有可能，因為我有著浪跡天涯的靈魂，雖然至今我仍沒有機會好好發揮。

您知道我的童年時期有一個可恥的汙點嗎？就是我因為偷吃餅乾受罰，而從約翰．葛萊爾之家逃跑的那次？這件事情記錄在本子上，任何理事都能翻閱。不過叔叔，您能期望些什麼？你將一個飢腸轆轆的小女孩獨自留在食物儲藏室，甚至還有一罐餅乾在她身旁，當你再次進來的時候，你認為你不會看到她的臉上滿是餅乾屑嗎？你用手肘推她、揪住她的耳朵，然後在點心時間命令她離開餐廳，並告訴其他孩子那是因為她是個小偷，你能期望她不逃走嗎？

我只跑了幾英里，就被他們抓了回去。在之後的一個星期裡，當其他孩子在後院玩樂時，我就像隻惡犬一樣被栓在木樁上。

喔，天啊！小教堂的鐘聲響了，做完禮拜後，我要去參加一個會議。我很抱歉，因為我原本打算寫一封有趣的信給您的。

Auf wiedersehen, cher Daddy.（再見，親愛的叔叔。）

Pax tibi!（願您平安！）

茱蒂

二月四日

親愛的長腿叔叔：

吉米．麥克布萊德送了我一面與牆同寬的普林斯頓旗！我很感謝他仍然記得我，但我實在不知道該如何處理這面旗。莎莉和茱莉亞不讓我把它掛在牆上，因為今年我們寢室的布置以紅色為主，您可以想像要是我添加了橘色和黑色會產生什麼樣的效果。但是這面旗是非常溫暖又厚實的毛料製品，我不願意就這樣把它扔在一旁。將它改製成浴袍會不會不合適呢？我的舊浴袍已經被我洗到縮水了。

近來，我完全忘了要向您報告我的課業，但您應該想像不到我大部分的時間都花在學習上吧！同時修讀五門課讓人感到頭昏腦脹。

下禮拜就要考試了，但是誰怕啊？

您永遠的　茱蒂

三月五日

親愛的長腿叔叔：

三月的風正狂暴地吹著，天空上布滿黑壓壓的烏雲。烏鴉們在松樹上嘰嘰喳喳地吵個不停！這種噪音就像是令人雀躍的呼喚，讓你想闔上書本，跑到山丘上和風賽跑。

我還沒告訴您我的考試結果。我輕而易舉地通過了每一科的考試，因為我現在知道考試的訣竅了，所以我絕對不會再讓自己面臨被當的危機。儘管如此，我可能還是無法以優異的成績畢業，因為那可惡的拉丁文和幾何學，害我在大一時的總成績不理想。

談到古典，您曾讀過《哈姆雷特》嗎？如果您還沒看過，那現在立刻開始閱讀吧！它絕對是本曠世巨作。

很久以前，我剛開始學認字時，就發明了一個美妙的遊戲。每晚就寢前，我會假裝自己是那本書裡的重要角色。

就像現在，我是歐芬莉雅，而且是非常聰明的歐芬莉雅！我要讓哈姆雷特隨時保持愉悅，並盡全力寵愛他、教導他。國王和皇后在海上遇難，不幸身亡，因此我和哈姆雷特將統治丹麥而不受任何人的阻撓。我們會將王國治理得井然有序。

由哈姆雷特負責政事，我則負責慈善事業。我會成立一些最高級的孤兒院，如果您和其他理事想前來參觀，我會非常樂意為您導覽。我想您會提供我許多有用的建議。

您最優雅的　丹麥皇后歐芬莉雅

三月二十四日，也許是二十五日

親愛的長腿叔叔：

我不相信我死後能上天堂，因為我現在得到太多的資源了！如果我死後還擁有這麼多東西，那就太不公平了。聽聽發生了什麼事：

潔露莎．艾伯特贏得了月刊每年舉辦的短篇小說獎，獎金二十五美元，而且她還只是個大二生！當我看到自己的名字出現在布告欄時，簡直不敢相信。或許我終究還是會成為一名作家。

另外，我獲選參加春季的戶外戲劇公演〈皆大歡喜〉。我將會飾演希莉雅，

亮，最後她買了其中最好看的兩頂。

我想人生最大的快樂，莫過於坐在鏡子前，買下任何一頂你看上的帽子，完全不必考慮價錢！叔叔，毫無疑問地，紐約會迅速摧毀約翰．葛萊爾之家耐心培養出的清心寡慾高尚品格。

採購完畢後，我們就在雪麗餐廳和傑維斯少爺碰面。我想您應該去過雪麗餐廳吧？吃魚的時候，我拿錯了叉子，但是服務生非常親切地給了我另一把，因此沒有人留意到。

午餐過後，我們前往劇院。劇院是那麼地光彩奪目、令人驚嘆，讓我每晚做夢都夢見它。

莎士比亞的劇本可真是精采，不是嗎？《哈姆雷特》在舞台上呈現出來的感覺，遠比我們在課堂時研讀分析的還要好。我從以前就很欣賞這齣戲，但是現在，

噢，我的天啊！

我想，要是您不介意，我比較想當個女演員而不是一位作家。您不希望我放棄大學，然後轉學到戲劇學校嗎？我會在每次演出前為您保留一個包廂，並且在舞臺上對您微笑。只不過請您在衣服前襟別上一朵紅色的玫瑰花，這樣我才能確定微笑的對象。萬一弄錯人，那可就尷尬了。

星期六晚上，我們搭乘火車回學校，並在車上吃晚餐。我以前從來沒聽說過火車上有供應膳食，一不小心就說溜了嘴。

「你到底是在哪裡長大的啊？」茱莉亞問我。

「一個小村莊。」我唯唯諾諾地回答茱莉亞。

「可是你從來都沒有出外旅行過嗎？」她問我。

「一直到我上大學才第一次出遠門，而且因為路程只有一百六十英里，所以我們沒有在車上用餐。」我對她說。

由於我說了這麼可笑的話，使茱莉亞對我感到非常好奇。我試著克制自己，但每當我感到驚訝時，總會不自覺脫口而出。叔叔，在約翰．葛萊爾之家生活了十八年後，突然被丟進外面的世界，真是讓人頭暈目眩啊！

不過，我漸漸適應這個環境了。我不再犯那些糟糕的錯誤，和其他女孩相處時，也不會感到彆扭了。

我忘了提到我們的花。傑維斯少爺送我們每人一束紫羅蘭和鈴蘭。他人真好，對吧？由於理事們的關係，我以前不怎麼喜歡男人，但是我現在改變想法了。

您永遠的　茱蒂

四月十日

親愛的有錢人先生：

這是您的五十美元支票。非常謝謝您，但是我不認為我可以收下它。

我的零用錢已經足夠買我需要的所有帽子了。我很抱歉寫了這麼多有關女帽店的事，我只是對於從未見過的事物感到非常驚奇而已。

總之，我並不是要向您乞討！而且我也不願意再接受您額外的施捨了。

潔露莎・艾伯特敬上

四月十一日

最親愛的叔叔：

您能原諒我昨天寫的那封信嗎？我寄出信的當下就感到後悔了，我試著把它取回，但是那個可惡的郵差就是不肯把它還給我。

現在是半夜，我失眠了好幾個小時，不停想著自己真是個不知感恩的壞女孩！我輕輕關上通往書房的門，以免吵醒茱莉亞和莎莉，然後我坐在床上，用我從歷史筆記本上撕下的紙寫信給您。

我只是想告訴您，我很抱歉對您寄支票這件事這麼無禮。我明白這是您的一番好意，而且我想您一定是個善良的老先生，才會為了帽子這種小事費盡心思。我在退還支票時，應當更委婉才是。

但是無論如何，我都必須把它還給您。我和其他女孩不同，她們能理所當然地接受其他人的饋贈。她們擁有爸爸、兄弟、阿姨和叔叔，但是我沒有任何親戚。我喜歡假裝您屬於我，但我當然知道您不是。我很孤單，只能獨自靠著牆面對整個世界，每當我想到這個事實，就有點喘不過氣。我把這件事拋在腦後，並繼續假裝，但是叔叔，難道您看不出來嗎？我不能接受您額外的金錢，因為將來有一天，我想要把那些錢全部還給您。但即使我如願成為一名偉大的作家，我也無法負擔如此龐大的債務。

我喜歡那些漂亮的帽子和物品，但是我不能為了支付這些東西，而把自己的未來拿來做抵押。

您會原諒我的無禮的，對嗎？我有一個壞習慣：每次一想到事情，就立刻衝動地寫下來，然後寄出無法挽回的信。如果我有時看起來思慮不周、不知感恩，那絕對不是故意的。我衷心地感謝您給我的生活、自由和獨立。我的童年只是一段漫長且陰鬱的叛逆期，但是我現在每天都非常快樂，讓我不敢相信這是真的。

我覺得自己就像是童話故事裡的女主角。

現在是凌晨兩點十五分。我準備躡手躡腳地溜出宿舍，把這封信寄出去。您將會在下一回的郵件中收到這封信，這樣您對我的壞印象才不會維持太久。

晚安，叔叔，我永遠愛您。

茱蒂

五月四日

親愛的長腿叔叔：

上週六是運動會，是個非常壯觀的場合。首先，全校所有班級列隊進場，每個人都穿著白色亞麻上衣，大四生手持藍金相間的和紙傘，大三生舉著白黃相間的長布條。我們班拿的是深紅色的氣球，非常引人注目——尤其氣球老是鬆脫飄走。大一新生戴著用衛生紙做成的綠色帽子和橫幅。另外，學校為了活絡全場的氣氛，特地從鎮上請來了一隊身穿藍色制服的樂隊和一群搞笑藝人。

茱莉亞裝扮成一位肥胖的鄉下男人，她手拿亞麻撢子和一把鬆垮垮的雨傘，臉上貼著絡腮鬍。她的打扮讓全場觀眾捧腹大笑，我做夢也沒想到潘道頓家族的人，竟然也可以展現出十足的喜感。在此，我要向傑維斯少爺道歉。我並不認為他真的是潘道頓家族的一員，就像我不覺得您和那些理事們是一樣的。

我和莎莉沒有參加進場遊行，因為我們倆都報名了比賽。您猜結果如何？我們兩個大獲全勝！莎莉在撐竿跳比賽中表現出色；我則在五十碼短跑中跑贏了所有的參賽者。

雖然我最後喘得上氣不接下氣，但看到全班為我加油的感覺真棒！大家揮著氣球歡呼大叫：

「茱蒂．艾伯特棒不棒？」

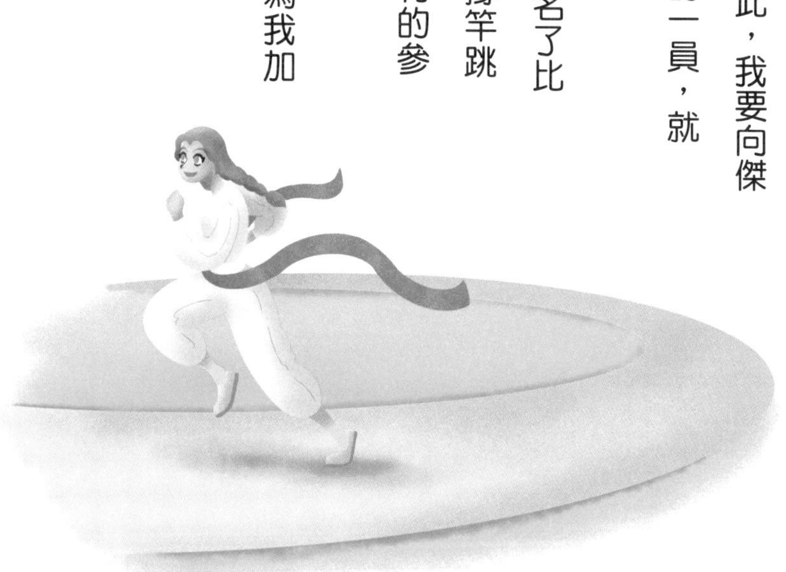

「她真棒！」

「誰最棒？」

「茱蒂．艾伯特！」

叔叔，這真的是莫大的光榮。大家回到更衣室後，用酒精替我按摩小腿，還給我吸吮一片檸檬。您瞧，我們多專業啊！能為班上爭取榮譽是件好事，因為拿最多面獎牌的班級可以贏得年度運動獎盃。大四生今年贏得了七面獎牌，所以抱回了獎盃。到了晚上，體育組為所有在比賽中獲勝的選手，舉辦了一場餐會。我們享用了炸軟殼蟹和做成籃球形狀的巧克力冰淇淋。

昨晚，我花了大半夜的時間讀完《簡愛》。它是本純情的通俗小說，但還是讓我忍不住不停地讀下去。我想不出一個從小生長在教會的女孩，如何能夠寫出這種小說。勃朗特姊妹的人格特質深深地吸引著我。她們的書、生活和精神。她們從哪裡得到靈感的？當我讀到小簡愛在慈善學校遇到麻煩的段落時，我憤怒得必須到外頭去散心，因為我非常了解她的感受。

叔叔，請別生氣。我並非暗示約翰・葛萊爾之家就像簡愛居住的慈善機構。可是，雖然我們不愁吃穿，地窖裡還有火爐，但我們的生活都有一個共同點，那就是非常單調無趣。除了每週日固定吃霜淇淋這件事之外，似乎就沒有其他樂趣了。我在約翰・葛萊爾之家度過的十八年歲月裡，只有遇過一件刺激的事——柴房失火。所有人必須立刻起床，並且換好衣服，準備逃生。不過最後，火勢並沒有蔓延到我們這裡，因此大家又回房睡覺去了。

每個人都喜歡生活中發生一些小驚喜，這是人類的天性。但是我的人生中從未出現過這種小確幸，直到李佩特太太把我叫進辦公室，並告訴我有一位約翰・史密斯先生要送我去上大學。不過她發布消息時太過慢條斯理，因此我只有感到些微的驚愕。

叔叔，您知道的，我認為一個人最需要具備的特質就是想像力。這個特質能讓人們設身處地地為其他人著想，也使大家變得體貼善良、富有同情心。想像力應該在孩子年幼時就開始培養，然而約翰．葛萊爾之家卻一看到想像力微弱的星火，就立即撲滅。責任感是唯一受到鼓勵的品德。我認為孩子不應該理解這個字的意義，因為這個字眼可惡透頂。他們做任何事都應該以愛為出發點才對啊！

您等著看我成為孤兒院的院長吧！這是我在就寢前最愛玩的小遊戲。我鉅細靡遺地規劃所有細節，包括膳食、服裝、學習、娛樂和懲罰，因為即使是最優秀的孤兒，也有表現不佳的時候。

但無論如何，他們都會過得很開心。我認為一個人在長大後無論經歷了多少困難，都應該有個美好的童年可以回憶。假如將來我有了自己的孩子，無論我過得多麼不快樂，我都要讓他們無憂無慮地長大成人。

茱蒂

第六章　傑維斯少爺來訪

六月二日

親愛的長腿叔叔：

您絕對猜不到發生了什麼好事。麥克布萊德家邀請我暑假時，與他們一同前往阿第倫達克露營！他們是某家俱樂部的會員，而那個俱樂部就位於森林中的一座美麗湖畔。俱樂部的會員皆擁有一間木屋，而且他們會在湖上划獨木舟、沿著小徑步行至其他露營區，還會每週在木屋舉辦一次舞會。吉米・麥克布萊德的一位大學好友將會來拜訪他，這樣我們就有許多男伴可以陪我們跳舞了。

麥克布萊德太太邀請了我，她人真好，對吧？看來上次在他們家過聖誕節時，我給她留下了不錯的印象。

請原諒我這封信寫得如此簡短。這不算是一封信，只是想讓您知道我今年暑假已經安排好了。

六月五日

親愛的長腿叔叔：

您的祕書方才寫信給我，他說史密斯先生認為我不應該接受麥克布萊德太太的邀請，而是應該像去年暑假一樣到洛克威洛農場去。

叔叔，為什麼？為什麼？為什麼？

您不了解。麥克布萊德太太是真心希望我去。我不會給他們添麻煩，相反地，我會是個好幫手。他們不想帶太多名僕人一同前往，因此我和莎莉可以幫忙做許多事。這是個讓我學習料理家務的大好機會，每個女人都應當要懂，而我卻只知道如何打理孤兒院。

露營區裡沒有其他同年齡的女孩，所以麥克布萊德太太希望我可以陪伴莎莉。我們計劃先把明年的英文課和社會學讀完，因為教授說在這個暑假讀完這些書，對我們會有很大的幫助，而且我們一起唸書討論，也會比較容易記住內容。

其實，光是和莎莉的媽媽待在同一個屋簷下，就是最好的教育了。她是全世

界最有趣、最迷人的女士，而且她無所不知。

吉米．麥克布萊德會教我騎馬、划船、射箭，還有好多我應該知道的事。這將會是個多采多姿又健康的暑假，而我認為每個女孩一生都應該有機會體驗一次。當然，我會按照叔叔的話去做，但是求求您，請讓我去吧！我從來沒有這麼渴望過一件事情。

這封信並非出自於未來的大作家潔露莎．艾伯特，而僅僅是身為一個女孩的茱蒂。

六月九日

約翰．史密斯先生：

先生，我已經收到您的信了。遵照您的祕書所轉達的指示，我將會在星期五離開學校，前往洛克威洛農場。

潔露莎．艾伯特小姐敬上

農場的九隻小豬越過小溪逃走了，而且我們只找回了八隻。我們不想冤枉任何人，但是我們懷疑多德寡婦的豬比原先的多了一隻。

有隻洛島紅雞下了十五顆蛋，卻只孵出三隻小雞，我們想不到究竟是哪裡出了問題。在我看來，洛島紅雞是個品質較劣等的雞，我認為淺黃奧平頓雞的品質比較好。

我在郵局花了二十五分錢買了一頂新帽子，然後準備去耙乾草。

天色暗得什麼都看不見了。總之，所有消息都已經全部報告完畢。

晚安。

茱蒂

星期五

早安！有一個天大的消息！您猜猜是什麼？您永遠、永遠都猜不到誰要來洛克威洛農場。潘道頓先生寄了一封信給森普太太，說他正駕車行經柏克夏，覺得有些疲倦，想找個地方歇息。如果他登門拜訪，不知是否有空房可以讓他暫住幾晚？他可能會停留一星期、兩星期，或三星期。等他到達這裡以後，看能否得到充分的休息而定。

我們立刻陷入了一片慌亂！房子裡的每個角落都被打掃得乾乾淨淨，就連窗簾也全部拿去洗了一遍。今天早上，我駕車到雜貨店買些要鋪在門口的油布，和兩罐棕色的地板漆。從我的描述來看，您可能會以為屋子還沒有打掃乾淨。不過，我向您保證，房子原本就已經一塵不染了！這都多虧了森普太太神奇的「打掃功力」。

叔叔，男人是不是就像這樣啊？他沒有告訴我們登門造訪的確切時間，害得我們一直無法好好喘口氣。要是他不快點來，我們可能又要全部重新打掃一遍了。

傑維斯少爺負責做晚餐，他說他比我更擅長烹飪，而他的確非常厲害，因為他經常露營。之後，我們藉著月光往山下走，當我們走到幽暗的林間小徑時，便只能仰賴他從口袋裡拿出的手電筒。真是好玩極了！他一路上不停地說著有趣的事，逗得我哈哈大笑。他讀過所有我看過的書，還有其他許多我沒聽過的書籍。他的博學多聞實在令人非常驚訝。

星期六

今天早上，森普太太態度堅決地對傑維斯少爺說：「為了能在十一點前抵達教堂，我們必須十點十五分就從這裡出發。」

「非常好，莉茲，」傑維斯少爺說：「你先去把馬車備好，要是我還沒換好衣服，你們可以先走。」

「我們會等你的。」她說。

「隨便你吧，」他說，「只是別讓馬站太久。」

趁森普太太梳妝打扮時，傑維斯少爺請農場的員工準備午餐，並催促我換上輕便的服裝，然後我們就從後門溜出去釣魚了。

可憐的森普太太相信假日去釣魚的人，死後會墜入熾熱的地獄！她對於自己沒能在傑維斯少爺年幼時好好教育他，感到相當自責。況且，她多麼想帶他到教會，向大家炫耀一番啊！

總之，我們釣了魚（他釣到四隻小魚），然後我們生起營火把魚烤熟當午餐吃。烤魚不斷從叉子滑落掉進火堆，因此嘗起來有灰燼的味道，但我們還是將它們全部吃下肚。我們四點回到家，五點駕車兜風，七點吃晚餐，十點我就被趕上床。我現在就坐在床頭，寫信給您。

不過，我有點睏了。晚安。

這張圖畫的是我釣到的烏龜。

滿懷真摯之情的　茱蒂

第七章　蛻變與反抗

九月十日

親愛的叔叔：

　　傑維斯少爺離開了，我們都很想念他！在你習慣某人的陪伴之後，那個人卻忽然離去，會留下一種極度空虛且折磨人的感覺。

　　再過兩個星期就要開學了，我很樂意能回到學校繼續埋首苦讀。今年夏天，我全心投入在寫作裡，一共完成了六則短篇小說和七首詩。我投稿到雜誌社的作品全數被有禮貌地退回，但是我不介意。這是個很好的練習。傑維斯少爺曾讀過我寫的稿子，他覺得那些作品糟透了，而且看得出我對自己寫的內容一點兒也不了解。（傑維斯少爺實話實說，毫不客氣。）不過，他覺得我最後一篇描述大學生活的作品還不錯。他還用打字機打出來，讓我寄去雜誌社。作品已經寄去兩星期了，或許他們正在仔細考慮。

100
FEDERAL RESERVE NOTE
HB58855242I
B2
THE UNITED STATES OF AMERICA
THIS NOTE IS LEGAL TENDER FOR ALL DDEBTS, PUBLIC AND PRIVATEE.
100
100
HB58855242I
100

星期四

叔叔！叔叔！您猜發生什麼事了？郵差剛剛送來了兩封信。

第一封，我的小說被採納了，稿費五十美元。現在，我真的是個作家了！

第二封是學校祕書寄來的，通知我獲得為期兩年的獎學金，包含食宿和學費。這是一位校友設立的獎學金，提供給「英文卓越，其他科目亦表現傑出」的在校生，而我拿到了這筆獎學金！我在暑假離校前提出申請，但我壓根也沒想到能得到獎學金，因為我大一的幾何學和拉丁文成績太糟糕了。不過，看來我似乎彌補過來了。叔叔，我實在是太高興了，因為我再也不用成為您的負擔了。往後，我只需要每個月的零用錢就足夠了，說不定我還能靠寫作、當家教或其他兼差來賺取零用錢呢！

我渴望能盡快趕回學校，繼續用功。

您永遠的　潔露莎・艾伯特

九月二十六日

親愛的長腿叔叔：

再度重回校園，而且我現在是大三生了！今年，我們的書房比以前的更棒，不僅面向南方的位置有兩面巨大的窗戶，整體布置也相當漂亮。

我們有嶄新的壁紙、東方地毯，和貨真價實的桃花心木椅子。可是，這把椅子害得我每天全身緊繃，深怕在表面沾上污漬。

不過，叔叔，我一回到學校就發現您寄來了一封信。不好意思，我指的是您祕書的信。

您說我不能接受這筆獎學金，那麼能請您告訴我一個合理的理由嗎？我完全無法理解您為什麼反對。不過，就算您反對也沒有用，因為我已經接受了獎學金，而且不打算改變我的心意！我的語氣看起來似乎非常無禮，但我的本意並非如此，請您見諒。

我猜，您是覺得自己既然已經出資送我上大學，就應該負責到底，讓整件事有個完美的句點。

可是，請您偶爾站在我的立場想想看。無論我的學費是否由您全部支付，我能受教育還是得歸功於您，但是至少我畢業後不會背上龐大的債務。我知道您沒有要求我必須還錢，但如果可能的話，我還是想盡力償還，而獲得這筆獎學金使一切變得容易多了。我原本預計要花一輩子才能全部還完，現在看來，我只需要用一半的時間就能達成這個目標了。

我希望您能明白我的立場，並且不要生我的氣。不過，我仍會滿懷感激地收下您的零用錢，因為和茱莉亞住在同一個寢室的開銷非常大。

其實，這不算是封信。我本來想寫很多事，但我一直忙著替四面窗簾和三面門簾縫邊、用牙粉擦亮我的黃銅書桌、整理四箱的書籍，還收拾了兩大箱的衣服。

（潔露莎．艾伯特擁有兩大箱的衣服聽起來似乎非常不可思議，但她真的有！）

親愛的叔叔，晚安。請別再為了您的小雞想要展翅高飛，而感到煩悶了。她將長成一隻擁有著嘹亮啼聲和漂亮羽毛的母雞（這都要歸功於您）。

滿懷真摯之情的　茱蒂

九月三十日

您還在嘮叨獎學金的事嗎？我從沒看過如此固執、不講理、無法站在別人的立場思考的人！

您認為我不應該接受陌生人的恩惠。陌生人？那您呢？世界上還有我更不熟悉的人嗎？就算我在街上遇見您，我也認不出來。

史密斯先生，您對我來說的確就像個陌生人，您哪有資格批評別人呢？

況且，這筆獎學金不是恩惠，而是我努力讀書獲得的獎賞。倘若學校認為沒有人的英文夠出色，他們也可能會取消頒發獎學金。過去就曾有幾年沒發放。還有，和男人爭論有什麼用呢？男人是個缺乏邏輯的性別。若要讓男人乖乖服從，就得靠兩個辦法：要不就是哄騙，要不就是唱反調。我不屑為了得到自己想要的事物而哄騙男人，因此我必須和您唱反調。

先生，我拒絕放棄獎學金。如果您仍繼續與我爭論，我將寧願去當家教，弄得自己筋疲力盡，也不願接受您每個月寄給我的零用錢。

這就是我的結論！另外，我有個想法。既然您擔心我接受這份獎學金會剝奪別人受教育的機會，您可以將原本花費在我身上的學費，用在約翰·葛萊爾之家的其他女孩身上。只是，我希望您不要喜歡那個新女孩勝過於喜歡我。

您心意已決的　潔露莎·艾伯特

十一月九日

親愛的長腿叔叔：

茱莉亞·潘道頓邀請我去她家共度聖誕假期。史密斯先生，您被嚇到了嗎？

想像一下約翰．葛萊爾之家的潔露莎．艾伯特坐在有錢人的餐桌前。我不知道為什麼茱莉亞會邀請我，她最近似乎滿喜歡我的。老實說，我比較希望去莎莉家，但茱莉亞先邀請我了，所以如果我得去一個地方過節，一定是去紐約而不是伍斯特。想到要和潘道頓家族的人見面，我就感到畏怯，而且我還得去添購許多新衣才行。因此，親愛的叔叔，若是您來信表示希望我乖乖地待在學校，我會像平常那樣順從您的。

最近閒暇時，我都在閱讀《湯瑪斯．赫胥黎的生平與書信》，這是本輕鬆、好看，適合抽空翻閱的讀物。您知道什麼是 archaeopteryx 嗎？答案是始祖鳥。那 stereognathus 呢？我也不太清楚，不過似乎是隻頭像蛇，耳朵像狗，腳似牛，尾巴如蜥蜴，翅膀如天鵝的動物。牠的身上覆蓋著細緻柔軟的毛，就如同貓咪那樣。

今年，我選修了經濟學，是一門非常具有啟發性的科目。等我上完這門課，我要去選修「慈善與改革」，這樣我就會明白要如何經營一間孤兒院了。您不覺得要是我有投票權，我會是個值得表揚的選民嗎？我上週滿二十一歲了。這個國家不讓我這誠實、受過教育又聰明的人投票，實在是太可惜了。

您永遠的　茱蒂

十二月七日

親愛的長腿叔叔：

謝謝您允許我去拜訪茱莉亞的家人，我想您的沉默表示同意。

社交生活讓我們忙得團團轉啊！上星期舉行了校慶舞會，這是我們頭一年參加，因為只有高年級生才能參加舞會。

我邀請了吉米．麥克布萊德，而莎莉邀了吉米在普林斯頓的室友，他去年夏天和他們家人一起去露營，是位待人友善的紅髮男子。茱莉亞邀請了一位來自紐

約的男人，他不怎麼幽默風趣，但是社交手腕無可挑剔。

我們邀請的客人在星期五下午抵達，及時趕上高年級生舉辦的茶會，然後再匆匆忙忙趕至飯店用過晚餐。據他們說，飯店的房間全都客滿了，因此他們只得並排睡在撞球桌上過夜。吉米．麥克布萊德說，要是下次他再受邀參加學校的社交活動，他就要在校園內搭帳篷露營。

晚上七點半時，他們再回來學校參加校長的招待會和舞會。我們事先做好所有男士的卡片，每當跳完一支舞，就讓他們成排地站在寫著他們姓名的字母卡片前面，以便下一個舞伴能夠一眼就看到他們。我覺得吉米．麥克布萊德是一位非常難以取悅的客人。他非常生氣，因為他只和我跳了三支舞。他還說，和不認識的女孩子跳舞，會讓他感到非常害羞不自在！

隔天早上，我們舉辦了一場合唱團音樂會。您猜，音樂會上那首有趣的歌是誰創作的？這是真的，確實是她寫的！噢，叔叔，我告訴您，您的小孤兒變得愈來愈出色了呢！

總之，我們度過了非常歡樂的兩天，我想男士們也有同感。起初，有些人一想到要面對一千位女孩就感到忐忑不安，但是他們後來很快就適應了。我們的兩位普林斯頓男士度過了非常愉快的時光，還邀請我們明年春天去參加他們學校的舞會。親愛的叔叔，我們已經答應了，因此請別反對。

還有一件事，您想聽聽我最近發現的祕密嗎？並且保證絕不認為我自視甚高？那麼您聽著：

我很漂亮。

我真的很漂亮。我的房間裡有三面穿衣鏡，如果我還看不出這點，我就是一個大傻瓜了。

一位友人

附記：這是封您在小說裡會讀到的惡作劇匿名信。

十二月二十日

親愛的長腿叔叔：

我只有一點時間，因為我得去上兩堂課、收拾行李，並趕在四點前搭上火車。可是在離開之前，我一定要寫信告訴您我有多麼感激您寄來的聖誕禮物。

我喜愛您送的毛皮大衣、項鍊、圍巾、手套、書籍和手提包，但我最愛的人是您！不過，叔叔，您不能這樣子寵我。我只是個平凡的女孩。您用這麼多奢侈品轉移我的注意力，我如何能專心致志地勤奮向學呢？

現在，我大概猜到是哪位理事每年贈予約翰．葛萊爾之家聖誕樹和星期天的冰淇淋了。您做了那麼多好事，應當得到幸福。

再見，祝您有個非常美好的聖誕節。

您永遠的　茱蒂

一月十一日

叔叔，我原先打算從城裡寫信給您，但紐約真是個令人著迷的地方啊！

我度過一段有趣且富有啟發性的時光，但是我非常慶幸自己不是出身在那種家庭！我真的寧可在約翰．葛萊爾之家長大。不管我的出身有多麼卑微，至少我過得坦蕩蕩。

我現在明白人們說自己被身外之物壓垮的意思了。那間屋子裡的氣氛壓得人喘不過氣。直到我搭上回程的特快車之後，我才能好好地呼吸。所有的家具都金碧輝煌，我遇見的人們也個個衣著講究、輕聲細語、教養良好。不過說實話，叔叔，打從我們抵達一直到離開，我從沒聽到半句真心話。

我只在午茶時間見到傑維斯少爺一次，但是沒有機會與他單獨交談。我感到有些失望，畢竟去年夏天我們共度了愉快的時光。我想他不太喜歡他的親戚們，而且我確定他們也不喜歡他。

參觀過潘道頓家後，我想我知道人生的哲學是什麼了——快樂的祕訣就是要

活在當下！大多數人並不是在生活，而是在賽跑。他們激烈地追逐著某個遙遠的目標，完全忽略了路途中的美好景致。因此，我決定在中途坐下來，累積無數個小樂趣，即使永遠無法成為偉大的作家也沒關係。

您聽說過像我這樣的哲學家嗎？

您永遠的　茱蒂

二月十一日

親愛的長腿叔叔：

別因為這封信太簡短而生氣。這其實不算是封信，我只是想告訴您，等到考試一結束，我就會寫封信給您。我不僅必須及格，還得要高分通過。畢竟我不能辜負我得到的獎學金啊！

您用功讀書的　茱蒂・艾伯特

三月五日

親愛的長腿叔叔：

今天傍晚，凱勒校長演講時提到現代的年輕人是多麼地輕浮又膚淺。他說，我們逐漸失去以前的認真勤奮和真才實學，我們對政府權威的態度愈來愈不敬，我們對長者也不再表達應有的尊重。

從小教堂回來後，我仔細地思考了校長先生的演說。叔叔，我是不是太不拘禮節了呢？我是否應該對您更敬重，並和您保持輩分間該有的距離呢？沒錯，我確定我該這麼做。那麼，我再重新寫一遍。

我親愛的史密斯先生：

您聽見我順利通過期中考一定會非常開心。現在，我要開始努力準備下學期的課程了。我終於脫離化學課，即將邁入生物學。選修這門課時我有點遲疑，因為我聽說課堂上會解剖蚯蚓和青蛙。

我們在英國文學課上閱讀了華茲華斯的《延騰寺》。這真是篇文筆細膩的好作品啊！上世紀初期的浪漫主義運動，以雪萊、拜倫、濟慈和華茲華斯等人的詩作為主。與古典時期的詩作相比，這些人的作品更加吸引我。

近日，我非常規律地去上體育課。學校制定了學監制度，因此若是不遵守規矩，會招來極大的麻煩。體育館有個用水泥和大理石打造而成的漂亮泳池，是一位畢業校友捐贈的。我的室友麥克布萊德小姐，將她的泳衣送給了我（因為泳衣縮水了，她無法再穿），而我正好即將要上游泳課了。

最近的天氣相當好，燦爛的陽光從雲層間穿透而下。我和我的同伴享受著走路上、下課的樂趣，尤其是下課。

我親愛的史密斯先生，相信這封信交到您手上時，您的身體依舊和往常一樣健康、硬朗。

我依舊是您最誠摯的　潔露莎．艾伯特

四月二十四日

親愛的叔叔：

春天又來臨了！您真應該看看我們學校變得多麼漂亮。上週五，傑維斯少爺突然造訪，可惜他挑了一個最不湊巧的時間，因為我、莎莉和茱莉亞正要去趕火車。您猜我們要去哪裡？我們要去普林斯頓參加舞會和球賽，希望您別介意！我沒有事先徵求您的同意，因為我有種預感您的祕書會不准我去。不過，我們已經向學校請假，並且有麥克布萊德太太的陪伴。我們度過了令人陶醉的時光，但是我得省略一些細節，因為實在太多、太複雜了。

星期六

黎明前就起床！守夜人將我們六個人喚醒，然後用保溫鍋替大家煮了咖啡。之後，我們走了兩哩路到獨樹丘的山頂看日出。我們最後幾乎是爬著走上斜坡。

我原本想多寫一些有關學校的事，可是我實在是太睏了。女子大學是個忙碌的地方，一天結束時我們都累得筋疲力盡。

滿懷真摯之情的　茱蒂

五月十五日

親愛的長腿叔叔：

在此附上的插圖，完整重現了我初次學游泳的模樣，看起來像隻吊在細繩末端的蜘蛛。

教練將繩索勾在我腰帶後面的圓環上，再利用天花板上的滑輪來控制繩索。若學生對教練有足夠的信任，這會是個很好的學習模式。可是，我太膽小了，練習時總是認為她會放開繩索，所以我一邊游泳，一邊用一隻眼睛焦慮地盯著她。由於注意力不集中，因此我的進度不如預期。

一星期後

我早該把這封信寫完的，但是我沒有做到。叔叔，您不會介意我沒有按時寫信給您吧？我真的很喜歡寫信給您，因為這給我一種擁有家人的美好感受。您想聽我說一件事嗎？您不是我唯一通信的對象，還有另外兩個人也會寫信給我！今年冬天，我不停地收到傑維斯少爺的來信，他的字跡非常優美。除此之外，我每週也會收到從普林斯頓寄來的黃色便條紙，上面的字跡非常潦草。所有的信件我都以處理公事的速度回覆。所以您瞧，我和其他的女孩沒什麼不同，我也會收到信呢！

我曾告訴您我獲選為高年級戲劇社的社員嗎？這是個非常精挑細選的社團，一千名學生之中僅有七十五位入選。

您知道目前社會學中，最令我感到有興趣的議題是什麼嗎？我正在寫一篇關於如何照顧孤兒的論文。教授將所有題目打散，然後隨機分配給大家，結果我拿

到了這道題目。真是不可思議，不是嗎？

晚餐的鐘聲響了。

經過郵筒時，我會順道將這封信寄出去。

滿懷真摯之情的　茱蒂

第八章　畢業

六月四日

親愛的叔叔：

最近我非常地忙碌，因為再過十天就是畢業典禮了，而且明天還得考試。我有許多科目要準備，還有許多東西該收拾。戶外的世界如此迷人，我卻只能待在室內，真是令人難過。

不過沒關係，反正暑假就要來臨了。今年夏天，茱莉亞要出國去玩，這已經是她今年第四次出國了；莎莉則和往年一樣，要和家人一同去露營。您猜猜我暑假要去哪裡？您有三次機會。洛克威洛農場？答錯。和莎莉一起去露營？又錯了（我不會再嘗試了，去年我已心灰意冷）。叔叔，如果您向我保證不會極力反對，我會告訴您的。

這個夏天，我要和查爾絲．派特森太太一同前往海邊度假，並在那裡擔任她女兒的家教。我是在麥克布萊德家遇見派特森太太的，她是位非常迷人的女士。而且派特森太太決定每個月給我五十美元的薪水！您會不會覺得這個金額太高了呢？我原本連要求二十五美元的薪資都覺得難為情。

我的家教工作到九月一日結束，因此剩下的三星期，我可能會回到洛克威洛農場。我十分想念森普夫婦和那些可愛的動物。

叔叔，我的暑假計畫嚇到您了嗎？您瞧，我變得愈來愈獨立了呢！

再見，祝您有個美好的暑假，充分休息後再回來迎接另一年的工作（這應該是您要對我說的話吧！）。總之，希望您有個愉快的時光，還有別忘了茱蒂。

六月十日

親愛的叔叔：

這是我寫過最艱難的一封信，但是我已經下定決心，沒有任何轉圜的餘地。

善良又大方的您希望能在今年夏天送我去歐洲，起初我非常陶醉於這個提議，可是仔細思考後，我還是覺得不太妥當。拒絕用您的錢繳學費，卻拿這筆錢享樂讓我覺得不合情理。您不該讓我習慣這些奢華的事物。一個人不會去惦記他從未擁有過的東西，但是只要一個人開始認為那些東西理所當然屬於他的時候，就很難從豐裕的物質生活中抽離。與莎莉、茱莉亞同住對我這個清心寡慾的人來說，是個莫大的壓力。她們從嬰兒時期就擁有了一切，而我不同。

希望您能了解我想表達的意思。總之，我強烈地認為這個夏天自己應該靠著家教工作自給自足。

四天後

我才剛寫完以上那些話，結果您猜發生了什麼事？女僕送來了傑維斯少爺的卡片。他今年夏天也要出國，不是和茱莉亞的家人一塊去，而是只有他一個人。我把您邀請我和陪伴一群女孩的女士一同出國的事告訴他。叔叔，他知道您呢！

換句話說，他知道我的父母雙亡，而且是由一位紳士送我上大學。我沒有勇氣告訴他關於約翰·葛萊爾之家的事。他認為您是我的監護人，也是我們家族的世交。我沒告訴他我根本不認識您，因為那樣太奇怪了！

總之，他堅持我應該去歐洲。他說這對我的教育是必須的，我沒有理由拒絕。而且，他那時候人也會在巴黎，所以我們可以偶爾從陪伴我的女士身邊溜走，然後一起到美味、有趣的異國餐廳吃飯。

噢，叔叔，這真的非常吸引我！我幾乎就要動搖了。要不是他那麼蠻橫，我應該會直接答應。我可以接受別人一步步慢慢地誘導，但我不願被強迫。他說我是個愚蠢又固執的小孩，還說我應當聽從長輩們的判斷。我們倆爭論不休。

無論如何，我飛快地收拾好行李，然後來到派特森太太的海邊別墅。我想我應該在寫信給您之前，先斬斷自己的後路。此時，我人在「崖頂」（派特森太太別墅的名稱），而佛羅倫絲（派特森太太的小女兒）已經在和她的功課奮鬥了。她是個被寵壞的孩子。我必須先教導她如何讀書，因為她這輩子從來沒有專注在

對付比冰淇淋汽水更困難的東西！

我們以一處安靜的角落作為教室。派特森太太希望我不要讓她待在戶外，其實，我也得承認眼前的蔚藍大海和揚帆經過的小船讓我很難專心！尤其當我想到自己原本可能就在其中一艘船上，準備航向異國的土地……不過，我絕不會讓自己去想拉丁文法以外的事。

所以您瞧，叔叔，我已經全心全意地投入工作。請不要生我的氣，也別認為我對您的慷慨不知感激。我唯一能報答您的方式，就是讓自己成為一位非常有用的公民（女人算是公民嗎？我想應該不是）。這樣當您看著我時，就可以對著我說：「我為這世界培育了一位非常有用的人才啊！」

叔叔，這聽起來很棒，不是嗎？不過，我不想要您把我想得太好，因為我經常覺得自己並不是那麼優秀。雖然規劃未來的職業很有趣，但到頭來，我可能和其他的凡夫俗子沒什麼不同。最後，我可能會嫁個一位殯葬業者，並在他工作時帶給他歡樂。

您永遠的　茱蒂

八月十九日

親愛的長腿叔叔：

依然是盛夏。我整個早上都在替佛羅倫絲上拉丁文、英文和代數。她簡直是無可救藥，但是，噢，她真是個小美人！我想只要她長得漂亮，頭腦是否愚笨就一點也不重要了吧？我忍不住去想，她的談話內容將會令她的老公感到多麼厭煩，除非她幸運地找到一位和她一樣愚蠢的男人。

下午，我們會在懸崖邊散步。如果潮汐適宜，就會去游泳。我現在可以輕鬆地在海裡游泳，您瞧，我受的教育派上用場了呢！

我收到一封來自傑維斯少爺從巴黎寄來的信，內容非常簡短扼要。他還沒完全原諒我拒絕聽從他的建議。不過，他說要是他能及時趕回來，就會在開學前到洛克威洛農場與我見面。而且，如果我表現得甜美又乖巧，我將會再度得到他的青睞。

還有一封來自莎莉的信。她希望我九月能和她的家人一起去露營。我一定得先徵求您的同意，還不能自己作決定嗎？不，我確定我可以。您知道，我已經是個大四生了。工作了整個夏天，我想從事一些有益身體健康的休閒活動。我想去看看露營區，我想見莎莉，我也想見見莎莉的哥哥，他打算教我划獨木舟。而且最重要的是，我想讓傑維斯少爺抵達洛克威洛農場時，發現我不在那裡。

我得讓他知道他不能命令我。任何人都不能命令我，除了您，叔叔，但您也不能老是這樣子！我要出發去森林了。

茱蒂

麥克布萊德露營區，九月六日

親愛的叔叔：

您的信沒有及時送到我這裡（我很高興能這麼說）。如果您希望我遵照您的意思去做，就必須祕書在兩星期內把信送達才行。如您所見，我人在這裡了，而且已經待了五天。

森林很美，露營區非常棒，天氣晴朗，麥克布萊德一家人相當友善，整個世界都完美無比。我真的非常快樂！

吉米正大聲叫喚我去划獨木舟。再見。抱歉違抗了您的指示，但是您為什麼如此固執，不讓我玩樂一下呢？我努力工作了整個夏天，應當得到兩週的假期。您真是太殘酷了。

不過，儘管叔叔您有那麼多的缺點，我仍然愛您。

茱蒂

十月三日

親愛的長腿叔叔：

重回校園升上大四，同時當上了月刊的編輯。聽起來似乎很不可思議，不是嗎？這樣重要的一個人物，在四年前竟然只是個約翰．葛萊爾之家的孤兒！在美國真的很快就能功成名就呢！

您對這件事的看法如何？一張傑維斯少爺寄到洛克威洛農場的短箋，轉寄到我這裡。他表示遺憾，因為他發現今年秋天無法趕到洛克威洛農場了。他先前就已經答應了幾位朋友的邀請，要一同駕遊艇出遊。他還希望我能有個美好的夏天，並享受鄉村的新鮮空氣。

其實，他一直都知道我和麥克布萊德一家人待在一起，茱莉亞全都告訴他了！你們男人應該將耍心機留給女人，因為你們的手法太不靈活了啊！

您永遠的　茱蒂

十一月十七日

親愛的長腿叔叔：

我的寫作生涯上方籠罩了一朵烏雲。我不知道是否該告訴您這件事，但是我需要一些安慰。

去年冬天的每個夜晚和今年暑假閒暇時，我不停寫作，終於完成了一部小說。開學前，我一寫完就立刻寄給了一家出版社。對方將稿子保留了兩個月，因此我很有把握他們會採用。不過，我卻在昨天早晨收到出版社退回的稿子，裡面還附了一封信。他說從地址判斷我應該還是個大學生，倘若我願意接受一些忠告，他會建議我把心力先放在課業上，等到畢業後再開始努力寫作。最後，他還附上了讀者的意見：

「故事情節不切實際、人物設定過於誇張、對話內容不合常理。請告訴她繼續努力，屆時她一定會創作出一本真正的小說。」

叔叔，整體來說真是糟透了，對吧？我還認為自己能為美國文學增添一本偉

大的著作呢！我原本計劃在畢業前寫出一本精采的小說給您當驚喜。為此，我在茱莉亞家度過聖誕節的那段期間，蒐集了許多寫作的素材。但是，我敢說那位編輯是正確的。或許兩週的時間，根本不足以瞭解那座城市的所有風俗人情。

昨晚入睡時，我的情緒非常低落。我想我這輩子可能不會有所成就了，您資助我的金錢將全數化為泡影。不過，您猜接下來如何？今早起床時，我的腦中浮現出一個全新又完美的故事情節。我一整天都在構思人物角色，開心得不得了。任何人都不能指控我是個悲觀主義者！萬一某天發生的一場地震，將我的丈夫和十二名孩子吞噬，我依然會用微笑迎接明天的早晨，並開始尋找人生中的另一個舞台。

滿懷真摯之情的　茱蒂

十二月十四日

親愛的長腿叔叔：

昨晚，我做了一個非常有趣的夢。我夢見自己走進一間書店，店員拿給我一本新書，書名是《茱蒂．艾伯特的生平與書信》。我看得非常清楚——書皮用紅布裝訂；封面是約翰．葛萊爾之家；書名頁有我的肖像，下方還寫著「茱蒂．艾伯特敬啟」。不過，正當我要翻到最後一頁去讀我的墓誌銘時，我卻醒來了。真是氣人！我幾乎就快看到我未來的丈夫，以及我的死亡時間了。

您不認為能讀到自己的生平是一件非常有趣的事嗎？假設你只能在這個條件下讀到自己的生平——一旦讀過就絕對不會忘記，只能在預先得知自己所作所為的後果，和預知自己確切的死亡時間下過完一生——您想有多少人能鼓起勇氣閱讀它呢？或者又有多少人能壓抑內心的好奇不去讀它呢？就算閱讀的代價是必須度過毫無希望和驚喜的一生？

您相信自由意志嗎？我相信。我完全相信我的自由意志，也相信可以憑自己的力量達成所有的目標。這種信念能移山倒海，您等著看我成為一位偉大的作家吧！我已經寫完新書的前四個章節，並擬好了第五章的草稿。

這是一封非常深奧的信。叔叔，您頭痛了嗎？我想我們應該就此打住，去做些軟糖。我很遺憾不能送您一塊，這次做的一定比之前的更好吃，因為我們會用純正鮮奶油和三顆奶油球製作。

滿懷真摯之情的　茱蒂

附記：我們在體育課跳了美妙的舞蹈。您可以從附圖中看見我們多麼像在跳真正的芭蕾舞。圖中，最後那位用腳尖旋轉的人就是我。

十二月二十六日

我親愛、親愛的叔叔：

您失去理智了嗎？難道您不知道您不能給一

個女孩十七樣聖誕禮物嗎？想想看如果我們為了這件事爭吵，那會有多麼難堪啊！我得雇用一輛貨車才能將您的禮物退回去。

我很抱歉我送您的圍巾歪七扭八的，那是我親手織的。您必須在寒冷的日子圍著它，並把大衣的鈕釦牢牢扣好。

叔叔，謝謝您。

我想您是這個世界上最善良的男人了，同時也是最傻的一個！

茱蒂

一月九日

叔叔，您想做一件能保證您一輩子獲得救贖的事嗎？這裡有一家人正陷入絕望的困境中。目前是一對雙親和四名孩童住在家裡，另外兩位年紀較大的男孩離家去賺錢後音訊全無，沒有寄過半毛錢回來。

父親在一家玻璃工廠工作得了肺癆，那份工作非常有害健康。現在，他已經

被送去醫院了。醫藥費花光了他們所有的積蓄，現在這個經濟重擔落在了年紀最大的女兒身上，但她也只有二十四歲。她白天要幫人做衣服，晚上還得兼差。母親的身體不太健壯，也毫無一技之長。當她的女兒快被工作、責任和焦慮壓垮時，她只是雙手合十地坐在那裡，一動也不動。她不知道該如何度過剩下的冬天，而我也不知道。一百美元能買些煤炭和給三個小孩穿的鞋子，讓他們可以去上學，還能給那個女孩一點餘裕，讓她在連續幾天沒工作可做時，不需要擔心得半死。

您是我認識的人當中最有錢的一位。您能否撥出一百美元呢？那位女孩比我還需要獲得幫助。要不是為了那個女孩，我也不會開口懇求您。我一點也不在乎那位母親，她真是個軟弱無能的人。

您的 J．A．

一月十二日

親愛的慈善家先生：

昨天，我收到您給那一家人的支票了。真是太感謝您了！我缺席了體育課，並在午餐結束立刻送去給他們。您真應該看看那女孩的臉！她無比驚訝、開心，並大大地鬆了一口氣。她看起來似乎變年輕了，而她也才不過二十四歲，是不是很可憐呢？

總之，她覺得所有的好事似乎都降臨在她身上了。接下來兩個月，她會有份穩定的收入，因為有位姑娘要請她做嫁衣。

叔叔，我相信上帝會給您適當的獎賞。您應當免受煉獄之苦一萬年。

您最感激的　茱蒂．艾伯特

三月五日

親愛的理事先生：

明天是這個月的第一個星期三，對約翰．葛萊爾之家而言是個令人筋疲力盡的日子。當五點鐘一到，你們拍拍他們的頭離開後，他們會感到多麼輕鬆啊！叔

叔，您曾經拍過我的頭嗎？我想應該沒有，因為我只對那位胖理事有印象。

請您轉達我對孤兒院的關愛。經歷了懵懵懂懂的四年後再次回首過往，我對孤兒院有種溫柔的情懷。起初來到大學時，我因為被孤兒院剝奪了正常女孩該有的童年，而感到憤怒不已。然而現在，我不這麼認為了。我將在約翰・葛萊爾之家度過的歲月，視為一場非比尋常的歷險。它培養了我一種能站在其他角度看待人生的優點。長大成熟後，我對世界的洞察力是那些家庭豐裕的人們所缺乏的。

我認識很多女孩（例如茱莉亞）從不知道自己非常幸福、快樂。她們太過習慣那種感覺，以至於感官都麻木了。至於我，我非常確定自己人生的每個時刻都很快樂。無論發生多麼令人感到不愉快的事，我都要繼續保持快樂的心情。我要將它們（即使是牙痛）視為有趣的經驗，並樂於去體會那種感受。

請代我向李佩特太太致上最誠摯的問候（我想「問候」比較合適，用「愛」似乎有點太過頭了）。而且別忘了告訴她，我培養出了多麼良好的性格。

滿懷真摯之情的　茱蒂

洛克威洛，四月四日

親愛的叔叔：

您注意到郵戳了嗎？我和莎莉在復活節假期來到洛克威洛，我們認為度過這十天假期最棒的方式，就是能待在一個安靜的地方。我們的神經已經緊繃到了極限，再也無法忍受在費格森宿舍多吃一餐飯。當你疲累不堪時，和四百位女孩待在同一個空間簡直是一種折磨。餐廳裡吵雜到你無法聽見對面女孩說話的聲音，除非她把兩手圈起來當成擴音器大喊。這是真的！

在這裡，我們爬山、閱讀、寫作，度過了非常愜意的時光。今天早晨，我們登上「天空之丘」，我和傑維斯少爺曾在那裡生火煮晚餐，真不敢相信那已經是兩年前的事了。我依舊能看到被我們的營火燻黑的石塊呢！真不可思議，某些地方總會與某些人連結在一起，當你舊地重遊時，總是會想起他們。傑維斯少爺不在，讓我覺得很寂寞。

叔叔，您猜我最近的活動是什麼？您一定會認為我是一個無可救藥的人——

我又在寫一本書了。我從三週前開始寫，而且創作的速度非常快。我已經抓到了訣竅。傑維斯少爺和那位編輯先生是對的，寫自己熟知的事情最具說服力。這次寫的內容就是我相當熟悉的事物。猜猜看故事發生的地點在哪裡？就是約翰·葛萊爾之家！雖然只是寫些每天發生的瑣事，但我真的認為這個故事很棒。

這本新書將會完成，並且出版！您等著瞧是否會出版吧！如果你真的非常想要一個東西並鍥而不捨，最後你一定能得到它。我已經嘗試得到您的回信四年了，至今還沒放棄呢！

再見，親愛的叔叔。

滿懷真摯之情的　茱蒂

附記：我忘記告訴您有關農場的消息了。不過，是個非常悲痛的消息。要是您不希望影響自己的心情，就略過這則附記吧。

可憐的老葛洛佛死了。牠老得嚼不動食物，因此他們只好開槍殺了牠。

五月十七日

親愛的長腿叔叔：

這封信將會非常簡短，因為我一看到筆就肩膀痠痛。我在學校抄了一整天的筆記，又整夜撰寫小說，導致握筆的時間過長。

從下週三算起，再三個星期就是畢業典禮了。我想，您或許能來和我見一面，如果您不來，我會討厭您的！茱莉亞邀請了傑維斯少爺，他代表她的家人；莎莉則邀請吉米．麥克布萊德代表她的家人。可是，我該邀請誰呢？我只有您和李佩特太太兩種選擇，而我不想邀請她。請您來吧！

愛您的　茱蒂

洛克威洛，六月十九日

親愛的長腿叔叔：

我完成學業了！我將畢業證書和我最喜歡的兩件洋裝，一起放在五斗櫃最底層的抽屜裡。畢業典禮和往年一樣，在最重要的時刻下了一些雨。謝謝您的玫瑰

花，真的非常漂亮。傑維斯少爺和吉米也都送了我玫瑰花，不過我將它們留在浴缸，只帶著您送的花站在班級的隊伍中。

目前我到洛克威洛農場度過夏天，或許會永遠待在這裡。這裡的食宿費便宜，而且環境清幽，非常適合寫作。一個正在努力奮鬥的作家還要求什麼呢？我為我的書深深著迷。我清醒的每一刻都在想著它，就連晚上睡覺也夢見它。我只想要寧靜的環境，以及充裕的時間來寫作（中間穿插營養的膳食）。

八月時，傑維斯少爺會來這裡待一週；吉米・麥克布萊德也會在夏天找時間拜訪我。他現在在債券公司上班，走遍各地向銀行兜售債券。他打算在出差時，順道來探望我。

您瞧，洛克威洛並非完全缺乏社交活動。我也期待您會駕車經過這裡，只不過我知道這個機率非常渺茫。從您沒有來參加畢業典禮的那一刻起，我就將您從我的心中割捨，並永遠地埋葬了。

文學學士茱蒂・艾伯特

第九章　長腿叔叔居然是你！

七月二十四日

最親愛的長腿叔叔：

工作是件有趣的事，不是嗎？還是您不曾工作過？尤其當你的工作是你最想要做的事，那就更有趣了。今年夏天，我每天都不停地振筆疾書。我對生活唯一的埋怨是時間不夠多，來不及寫下我腦中所有完美、珍貴和有趣的想法。

我已經完成這本書的第二份草稿，並打算在明天早上七點半開始寫第三份。這會是您讀過最棒的書。我滿腦子都是這本書。早上，我幾乎等不及穿衣、吃早餐就想動筆。我一直不斷地寫，直到筋疲力盡為止。這時候我就會帶著柯林（我新養的牧羊犬）到戶外奔跑，為隔天的寫作補充新靈感。

親愛的叔叔，您不會覺得我太自負吧？我絕對、絕對不是，只不過現在正處於狂熱的階段。也許過一陣子，我就會對我的書失去熱情。不，我確定我不會！

這次我寫的是一本真正的書。您等著親眼目睹吧！

農場沒有太多新消息。所有的動物都非常健康。豬不是普通的肥，乳牛似乎都很心滿意足，母雞也下了很多蛋。

上週日，吉米的爸爸前來農場拜訪。晚餐吃炸雞和冰淇淋，看來他兩樣都很喜歡。我非常高興能夠見到他，他讓我短暫想起整個世界的存在。可憐的吉米兒售債券並不順利。我想，他最終還是會回到伍斯特，在他父親的工廠找份差事。他這人太過坦率、善良、容易相信別人，因此無法真正當個金融家。不過，他非常適合在生意興隆的工廠裡當經理，您不覺得嗎？現在他對工廠的制服嗤之以鼻，但他終究會回到現實的。

我希望您瞭解，這封信是出自於一個手寫到快抽筋的人。親愛的叔叔，我依然愛您，而且我非常快樂。有四周的美景環繞，還有豐盛的食物、舒適的四柱床、一令白紙和一品脫的墨水，我還需要對這世界要求什麼嗎？

您一如既往的　茱蒂

附記：郵差帶來了幾個消息。我們可以期待傑維斯少爺下週五來洛克威洛農場住一星期。真是一件令人高興的消息，只不過我可憐的書恐怕要遭殃了。傑維斯少爺的要求可是非常多的呢！

八月二十七日

親愛的長腿叔叔：

我想知道您在哪裡？

我從不知道您在世界的哪個角落，但是我希望您別在這惡劣的天氣待在紐約。我希望您在山頂上（但不要在瑞士，在近一點的地方）一邊賞雪，一邊想著我。請您想著我吧！我非常孤單，希望能有人惦記著我。噢，叔叔，真希望我認識您！這樣當我們心情不好時，就能為彼此加油打氣了。

我想，我再也無法忍受洛克威洛了。我正在考慮換個環境。莎莉打算明年冬天到波士頓從事社會工作。您不覺得我和她同去是很好的主意嗎？這樣我們還能一起租間小公寓。當她工作時，我可以在家寫小說，晚上還能互相作伴。我在這裡除了森普夫婦以外，沒有其他說話的對象，因此夜晚顯得格外漫長。我知道您一定不喜歡我租小公寓的念頭。我現在就能預知您祕書的來信，如下：

致潔露莎．艾伯特小姐

親愛的小姐，

史密斯先生希望您繼續留在洛克威洛。

艾爾默．H．葛瑞格斯敬上

我不喜歡您的祕書。我確信那位名叫艾爾默．H．葛瑞格斯的男人一定非常令人討厭。但是說真的，叔叔，我想我必須到波士頓去。我沒辦法待在這裡。要是日子再這麼一成不變，我就會掉入絕望的深淵。

天啊，真是熱！草全都焦枯，小溪乾涸，道路上塵土飛揚。已經連續好幾個

禮拜都沒有下雨了。

這封信讀起來好像我生病了，不過我並沒有。我只是希望有家人的陪伴。

再見，我最親愛的叔叔。

真希望我認識您。

茱蒂

洛克威洛，九月十九日

親愛的叔叔：

發生了一件事，我需要有人給我建議。我需要您的建議，而不是世上其他任何人的。我有可能和您見一面嗎？這件事當面談會比寫信來得容易，而且我怕您的祕書會拆閱我的信。

茱蒂

附記：我的心情非常不好。

洛克威洛，十月三日

親愛的長腿叔叔：

今天早上，我收到您親手寫的短箋。您的手顫抖得好厲害啊！我很難過您生病了，如果我知道，就不會拿自己的事來打擾您了。是的，我將告訴您我的煩惱。不過，這件事有點複雜，讓我非常難下筆。而且這是非常私密的事，請您看完後就把信燒了吧。

在我訴說煩惱之前，請先收下附上的一千美元支票。我居然寄支票給您！這感覺很奇妙，對吧？您猜我是如何得到的呢？

叔叔，我的小說賣掉了。它將會分成七篇連載刊出，然後集結成書出版！您可能以為我會欣喜若狂，但是我沒有。我完全無動於衷。我當然很高興可以開始回報您，我還欠您兩千多美元，之後我會分期償還。請別拒絕收下它，因為能夠償還這筆債務，使我感到非常快樂。我欠您的遠遠不只是金錢，剩餘的我將終身滿懷感激與真摯的情感繼續償還。

現在，叔叔，關於另一件事，請給我您最飽諳世故的建議，無論您認為我會不會喜歡。

您知道我一直對您有種非常特別的情感，您可以說是代表了我全家人。不過倘若我告訴您，我對另一位男士懷有更深厚的特殊情感，您會不會介意呢？您大概不難猜出這個人是誰。我想，我的信上有好長一段時間都寫滿了傑維斯少爺的事情。

我希望能讓您了解他是個什麼樣的人，以及我們相處得多麼融洽。我們對於許多事情都有相同的看法，但恐怕是我習慣於改變自己的想法來迎合他！不過，他幾乎總是正確的。他應該是對的，您知道，他比我大了十四歲。然而在其他方面，他只是個稚氣未脫的大男孩。他真的需要人照顧，因為他連下雨天都不知道該穿橡膠雨鞋。

我和他常常會對同一件事覺得好笑，我想，如果兩人的幽默感互相抵觸就太糟了。我相信沒有任何橋梁能跨越那道鴻溝！

噢，唉！我想念他，好想、好想他。整個世界似乎空虛得令人痛苦。或許您愛過某個人，所以您能明白我的感受，對嗎？倘若您曾愛過，我就不必解釋；若是您沒有，我也無法解釋。

總之，這是我心中的感受，但我卻拒絕嫁給他。

我沒有告訴他原因，只是沉默不語、黯然神傷。我想不出該說些什麼才好。如今他離開了，以為我想嫁給吉米．麥克布萊德。可是，我一點都不想，我從未想過嫁給吉米，因為他根本不夠成熟。我和傑維斯少爺就這樣互相誤解，傷透了彼此的心。我拒絕他的理由不是因為我不喜歡他，而是因為我太在乎他。我怕他將來會後悔，那樣我會受不了的！像我這樣的孤兒嫁進他那種家族，似乎很不妥當。我不曾告訴他有關孤兒院的事，而且也不想要向他解釋自己不明不白的身世。您知道的，或許我的出身卑微，而他的家族德高望重，但是我也有自尊心啊！

假如我去找他，向他解釋問題不在吉米，而是約翰．葛萊爾之家，這樣情況是否會變得更糟糕呢？那需要鼓起非常大的勇氣，而我幾乎寧可選擇悲慘地度過

餘生。

這件事發生在將近兩個月之前，從他離開之後，我就再也沒有收到他的隻字片語。正當我開始慢慢習慣這份心碎的感覺時，茱莉亞的來信又再度將我的心全部打亂了。她不經意地提到，傑維斯叔叔在加拿大打獵時，受困在暴風雪中一整夜。從那時起他就得了肺炎，到現在都還沒康復。然而我毫不知情，還一直因為他一聲不響地消失感到傷心不已。我想他一定十分痛苦，至少我自己就是如此！

您認為我應該怎麼做才好？

茱蒂

十月六日

最親愛的長腿叔叔：

是的，我當然會去，那麼下週三下午四點半見。我當然找得到路。我已經去過紐約三次，也不是個小孩了。真不敢相信我馬上就要去見您了！我想像您的模樣想像得太久了，以至於很難相信您是個活生生的人呢！

叔叔，您真是個大好人。自己的身體不舒服，還為我的事情費心。秋雨讓濕氣變得非常重，請好好保重自己的身體。

滿懷真摯之情的　茱蒂

星期四早晨

我最、最親愛的傑維斯少爺——長腿叔叔——潘道頓——史密斯：

你昨晚有睡著嗎？我沒睡，整夜都沒有闔眼。我實在是太驚訝、太興奮、太困惑又太開心了。我想我再也睡不著覺，吃不下飯了。不過，我希望你好好睡一覺。你知道，你一定得多休息，這樣你才能盡快痊癒來到我身邊。

親愛的，我不忍心去想你病得有多麼嚴重，而我竟然一直都不知道。昨天，醫生送我下樓坐車時告訴我，他們對你放棄希望已經三天了。噢，我最親愛的，倘若那成真了，我的世界將會從此變得黯淡無光。我想在遙遠的未來，我們兩人

之中一定必須有人先離開，但至少我們曾經擁有過幸福，可以帶著快樂的回憶努力活下去。

我原本想為你加油打氣，但是我必須先鼓舞我自己。因為我不僅比做夢還要來得快樂，頭腦也清醒了不少。擔心你可能出事的恐懼，宛如陰影一般盤踞在我的心中。以前，我總是無憂無慮、毫無牽掛，因為我沒有珍貴的東西可以失去。但是現在，我將膽戰心驚地度過後半生。只要你一離開我的身邊，我就想著汽車可能會撞倒你，或是招牌可能會砸在你的頭上。我內心的寧靜將一去不復返。不過，反正我向來不喜歡平淡乏味的生活。

請趕快、趕快、趕快好起來吧！我想要你待在我觸手可及的地方，讓我能觸摸到你。我們在一起僅有短短的半個鐘頭！我害怕那也許是我在做夢。如果我是你家族的成員（非常遙遠的四等表親），我就能每天去探望你，大聲朗讀給你聽，拍鬆你的枕頭，撫平你深鎖的眉頭，讓你的嘴角彎起，露出好看的笑容。不過，你的心情好起來了，不是嗎？昨天我離開前，你的心情非常好。醫生說我一定是個好護士，因為你看起來年輕了十歲。我希望戀愛不會讓每個人都年輕十歲。親愛的，如果我變成只有十一歲，你仍然會喜歡我嗎？

昨天是我人生中最美好的一天。就算我活到九十九歲，仍舊會記得所有的小細節。昨天黎明離開洛克威洛的那個女孩，在晚上回來時簡直是判若兩人。森普太太清晨四點半叫醒我。我在黑暗中驚醒，頭腦浮現出的第一個念頭是：

「我要去見長腿叔叔了！」

我藉著燭光在廚房吃早餐，然後在十月最瑰麗的色彩中，乘著馬車抵達車站。途中太陽升起，空氣凜冽清澈，充滿了希望。我知道有事情要發生了。我對叔叔處理問題的能力有十足的信心。而我也知道在某處，有一個比叔叔更心愛的人渴望見到我。不知怎地我忽然有種感覺，在這趟旅程結束前，我應該也能見到他。結果您瞧！

當我來到麥迪遜大道，看見這棟褐色的宅邸如此巨大、令人心生畏懼時，根本不敢走進去。因此，我繞著那條街徘徊，希望鼓起勇氣。不過，我根本就不需

要感到害怕，因為你的管家是一位非常和善的老人，立刻讓客人有賓至如歸的感覺。他讓我在會客室等候。我坐在一張鋪著軟墊的椅子邊緣，不停地告訴自己：

「我就要見到長腿叔叔了！我就要見到長腿叔叔了！」

沒多久，管家回來請我到樓上的書房。我興奮得兩腳發抖，差點無法走樓梯。到了門口，他轉頭低聲說：「艾伯特小姐，他病得很重。今天是醫生頭一次允許他坐起來。您別待太久，以免他過於激動，好嗎？」從他的說話方式就可以知道他深愛著你，他真是個可愛的老人！

接著，他敲了敲門，說：「艾伯特小姐來了。」

我走了進去，門在我身後關上。

從明亮的大廳走進陰暗的書房，使我有一瞬間看不見任何東西。一會兒後，我看見爐火前有一張大安樂椅。接著，我意識到有個男人坐在安樂椅上，我還來不及阻止他，他就搖搖晃晃地站了起來。他抓著椅背穩住身子，不發一語地看著我。然後，然後，我看出那個人就是你！但是即使如此，我依然不明白。我以為是長腿叔叔叫你到那裡見我，給我一個驚喜。

之後，你大笑著伸出手說：「親愛的小茱蒂，你猜不到我就是長腿叔叔嗎？」剎那間，我恍然大悟。噢，我真是愚蠢！上百件小事或許早就向我透露這個訊息了，倘若我還有一丁點兒智慧，就應該要猜出來。我不是個好偵探，對吧，叔叔？還是傑維斯？我該怎麼稱呼你呢？

你的醫生請我離開前的那半個小時，真是非常甜蜜的時光，讓我整個人恍恍惚惚的。當我抵達車站時，竟然差點搭上前往聖路易斯的火車。你也相當意亂情迷吧，竟然忘了請我喝茶。但是我們倆都非常、非常快樂，對吧？我在黑夜中乘著車回到洛克威洛，噢，那天上的星星是多麼閃耀啊！

今天早晨，我和柯林走遍了所有我和你曾去過的地方，回憶你說過的話和你當時的神情。今天的森林呈現一片美麗的紅褐色，空氣嚴寒冷冽，是個適合爬山的天氣。我真希望你能和我一起爬山。

親愛的傑維斯，我好想念你。不過，是一種幸福的思念。我們很快就能夠在

一起了。現在，我們兩心相屬，千真萬確，沒有半分虛假。我終於有了歸屬，這是不是很奇妙呢？我覺得非常、非常甜蜜。

從今以後，我絕不會再讓你傷心了。

永永遠遠屬於你的　茱蒂

附記：這是我生平第一次寫情書，但我卻知道怎麼寫，這不是很不可思議嗎？

騎鵝旅行記

小鹿斑比

好兵帥克

森林報

史記故事

柳林風聲

叢林奇譚

彼得·潘

一千零一夜

杜立德醫生歷險記

魯賓遜漂流記

福爾摩斯

海倫·凱勒

岳飛

三國演義

《影響孩子一生名著系列》

結合各國精彩故事、想像力不滅小說、激勵人心啟示之兒童文學經典

~ 值得細細品味，永久收藏 ~

大師名著系列 001

長腿叔叔

青春女孩扭轉人生的浪漫曲

ISBN 978-986-97975-0-4 / 書 號：RGC001

作　　者：珍・韋伯斯特 Jean Webster
主　　編：陳玉娥
責　　編：張雅惠
插　　畫：黃凱
美術設計：巫武茂

出版發行：目川文化數位股份有限公司
總 經 理：陳世芳
發行業務：劉曉珍
法律顧問：元大法律事務所 黃俊雄律師
地　　址：桃園市中壢區文發路 365 號 13 樓
電　　話：(03) 287-1448
傳　　真：(03) 287-0486
電子信箱：service@kidsworld123.com
劃撥帳號：50066538

國家圖書館出版品預行編目 (CIP) 資料

長腿叔叔 / 珍．韋伯斯特 (Jean Webster) 作．一
初版．-- 桃園市 ： 目川文化，民 108.09
面 ； 公分．--（大師名著）
ISBN 978-986-97975-0-4（平裝）

874.59　　108014597

網路書店：*www.kidsbook.kidsworld123.com*
網路商店：*www.kidsworld123.com*
粉 絲 頁：FB「悅讀森林的故事花園」

印刷製版：長榮彩色印刷有限公司
總 經 銷：聯合發行股份有限公司
地址：新北市新店區寶橋路 235 巷
6 弄 6 號 4 樓
電話：(02) 2917-8022

出版日期：2019 年 9 月（初版）
定　　價：280 元

建議閱讀方式

型式	圖圖圖	圖圖文	圖文文		文文文
圖文比例	無字書	圖畫書	圖文等量	以文為主、少量圖畫為輔	純文字
學習重點	培養興趣	態度與習慣養成	建立閱讀能力	從閱讀中學習新知	從閱讀中學習新知
閱讀方式	親子共讀	親子共讀 引導閱讀	親子共讀 引導閱讀 學習自己讀	學習自己讀 獨立閱讀	獨立閱讀